李延江/著

中国现代文学中的现代主义流脉(1917—1949)

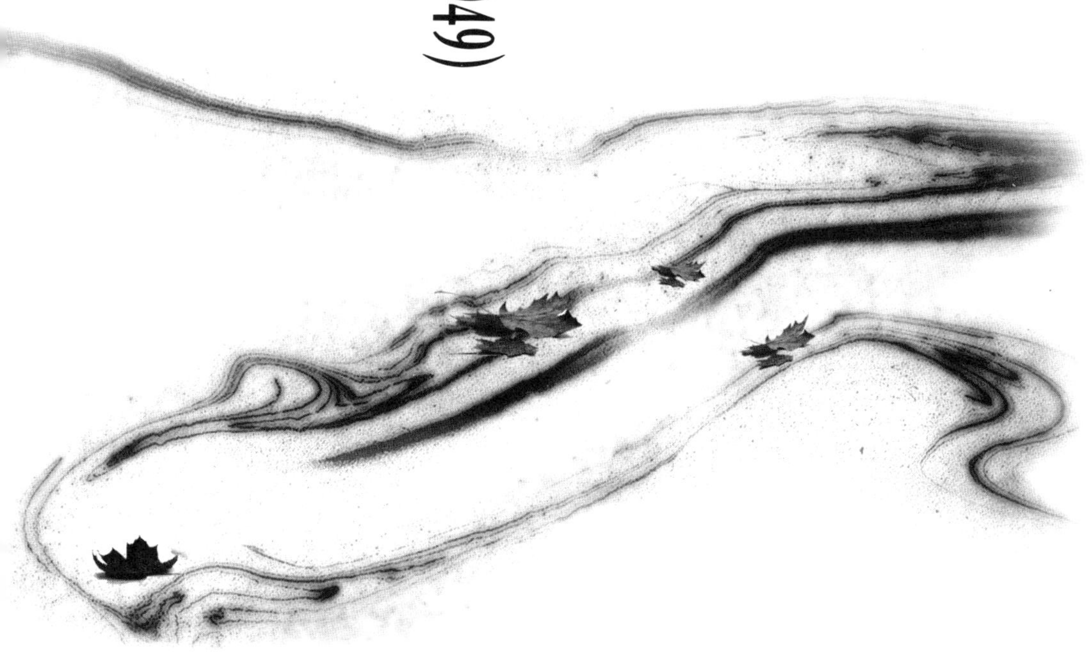

光明日报出版社

文学与文化研究丛书编委会

顾问：王俊华
主编：杨红莉　贾玉春
委员：田建恩　程清旭　李延江
　　　张占杰　马　杰

《文学与文化研究丛书》总序

　　文学与文化从来就是密切结合在一起的，甚至原本就是一体的，这一点，从对"文"字的溯源中可以确知。孔子说："周监于二代，郁郁乎文哉，吾从周。"这里的"文"，就是包括礼仪、制度等在内的一系列文化内容。只有到了鲁迅所说"文学的自觉时代"——魏晋时期，文学文体的审美特性被逐渐认知，文学才从文化母体中渐渐独立出来，成为今天意义上的与绘画、书法等其他门类并列的一种艺术类型。其后，尤其是20世纪，对文学的研究经历了"外围—内部—再次突围"的曲线过程。其实，这个过程也是探索文学与文化辩证关系的过程，是重新确定文学与文化之密切关系的过程。如同二千四百余年前孟子发出的追问："颂其诗，读其书，不知其人，可乎？"（《孟子·万章下》）时至今日，我们一样有着对于文学与人、文学与文化、人与社会等复杂关系的追问和求索。"文变染乎世情，兴废系乎时序"（《文心雕龙·时序》），刘勰给了我们确定无疑的答复。威廉姆斯在《文化与社会》中说："从本质上说，文化也是整个生活方式。""文化研究承担着研究一个社会的艺术、信仰、机构以及交流实践这样一个整体领域的使命。"[1]正如对一棵树木的研究离不开对它所扎根的那片土地的了解一样,对文学的研究也永远不可能忽视对孕育和产生文学的文化的了解。正是从这个角度出发,我们有了这一套名为"文学与文化研究"的丛书。

这套丛书是河北省重点发展学科和石家庄学院重点建设学科——中国现当代文学建设成果的一次总结和展示,也是河北省高校专业教学团队、石家庄市科研教学创新团队——汉语言文学专业教学团队的一次总结和展示。

2008年,学校在办学经费并不充足的情况下,从全校范围内遴选了六个基础较好且有发展前景的学科给予资金支持,进行重点建设,中国现当代文学学科就是这六个学科中的一个。五年的建设过程,毋宁说是一个艰难的探索和学习的过程。从专科起步的中国现当代文学学科,一方面面临着人员不足、资金匮乏的基本问题,另一方面,更重要和更根本的还是学科定位和建设目标的问题。就学科定位而言,也许在层次较高的大学里并不是一个问题,但是,对于地方性院校而言却需要慎重思考,需要谋求自身的特色和发展途径。

在这一前提下,我们既要立足于学科自身逻辑,确保学科的科学性,又要结合本学科固有的时代性、现实性强的特点,研究本学科与当下社会、文化发展之间的密切关系及表现,更要立足于学校作为地方性大学的基本定位,努力寻找一条学科与地域文化、地方社会发展相结

---

1 威廉姆斯.文化与社会[M].中译本.北京:北京大学出版社,1991.

合的实践道路。在厘清这样一个复杂的关系后,最终,我们明确了学科的三个研究方向:现当代文学思潮研究、新时期作家作品研究、地方文学与文化研究。这样一个三足鼎立的学科结构既保证了学科本身的逻辑性,也兼顾了其所在环境的特殊性以及为地方社会和文化发展服务的办学方向。

目前,这三个方向均取得了一定的成绩,这一学科也被遴选为"河北省重点发展学科",学科所在的专业——汉语言文学专业被评选为"石家庄市教学科研专业团队""河北省高校专业教学团队"等,一些研究成果获得了河北省社会科学优秀成果奖,一些成员被评为省、市社会科学专家、有突出贡献的中青年专家等;学科和河北省文联、河北省作家协会、河北省民俗文化协会、石家庄市文联、石家庄市作家协会等单位建立了密切的关系,河北省文学与文化研究中心、石家庄文学研究中心等平台搭建起了大学和文学创作机构之间的合作桥梁,团队的多名成员参与到批评和推介地方文学、文化的实际工作中;"河北作家进校园""地方文学进课堂"等活动让学生们更深入地理解了文学的特质以及文学和生活的关系。现在,对我们而言,文学不再仅仅是远离当下的存放在书架上的古老经典,而成为近在身边的生活的一部分;文学不再是只能给予学生营养的单方馈赠,而成为可以参与甚至是评介的对象;文学不再只是研究的对象,而成为可以促膝交流的友人。

文学"活"了,文学"近"了,教文学的老师和学文学的学生共同参与到文学生产活动之中,并在这种参与中发现和建构着一个个生动而丰满的"自我",这是这个学科自建设以来所发生的一个重要变化。我们认为,这一变化正是文学的精神力量作用于活生生的人的体现,也是这个古老的学科焕发生机的体现,也正是我们努力建设这个学科所要达到的最重要的目的。

在这个文学越来越容易被忽略的时代里,我们为拥有这样一种宝贵的精神生活而充满感恩之情。感谢石家庄学院领导的远见卓识,没有重点建设工程,这个学科不会有今天的成绩。学科建设这几年,有动力更有压力,学校领导和科研处一直在给予着这个学科指导、督促和关怀;感谢团队的所有成员,没有大家的共同摸索和努力,这个学科不会有今天的成绩。团队的成员,研究基础并不相同,有的老师一定程度上牺牲了自己的所长,转而向文学与文化的方向倾斜;感谢一直给予我们帮助的河北省文联、河北省作家协会、河北省民俗文化协会、石家庄市文联、石家庄市作家协会等单位的许多领导和同仁,没有你们的支持,这个学科不会有今天的成绩;感谢淳朴可爱的学生们,没有你们热情的参与,这个学科也不会有今天的成绩;感谢光明日报出版社的领导和编辑,他们热心且有责任心,为这套书的出版付出了很多心血。

最后,还要感谢这个蓬蓬勃勃的时代,正是她让我们的生活如此多姿多彩。

杨红莉

目 录

第一章 现代主义文学思潮及其基本特征 /1

　一、现代主义文学的概念 /1

　二、现代主义文学产生的基础 /4

　三、现代主义文学的特征 /12

　四、中国化的现代主义 /13

第二章 中国现代文学中的现代主义轨迹 /17

　一、20世纪20年代——现代主义文学的发生期 /18

　二、20世纪30年代——现代主义文学的自发期 /27

　三、20世纪40年代——现代主义文学的自觉期 /34

第三章 鲁迅——中国现代主义文学的开山者 /43

　一、现代思想的精神契合 /44

　二、人际关系的冷静揭示 /46

　三、人格分裂的深度挖掘 /52

　四、反抗绝望的心灵拷问 /55

　五、艺术手段的丰富精湛 /57

第四章 创造社作家的现代主义表现 /61
  一、郭沫若小说的现代主义 /62
  二、郁达夫小说的现代主义表现 /68
  三、创造社其他成员小说中的现代主义表现 /74

第五章 老舍小说的现代主义内涵 /81
  一、老舍与西方现代派文学 /82
  二、老舍小说中现代艺术技巧的表现 /85
  三、对人的生存的深度思考 /91

第六章 沈从文——另类的现代书写者 /97
  一、自然人性的恣意书写 /99
  二、世事难测的生命隐忧 /102
  三、对现代文明病的批判 /107

第七章 曹禺剧作：生命困境中挣扎与救赎 /111
  一、人与社会的深沉思考 /112
  二、表现主义的艺术实践 /125

第八章 张爱玲：畸变人生的哀叹者 /129
  一、畸变的家庭伦理 /131
  二、物化的无爱婚姻 /134
  三、压抑中的扭曲人性 /137
  四、精湛的艺术功力 /140

后 记 /150

第一章

现代主义文学思潮及其基本特征

一、现代主义文学的概念

"现代主义"一词具有极其丰富的含义。因为它包括了形形色色的文学现象和流派,多年来对它的内涵及外延的解释可谓众说纷纭,莫衷一是。英国1977年出版的具有权威性的《文学词汇词典》(*A Dictionary of Literary Terms*)称"现代主义"是"一个用于19世纪末以来在所有创造性艺术领域出现的国际性倾向和运动的综合性术语"。我国1991年出版的《英汉大词典》则将文学、艺术等方面的"现代主义"解释为一种"主张脱离经典和传统表达方法并寻求新的艺术表达形式"的文艺思潮。

现代主义文学是一个来自西方的特定学术概念。从文学发展的维度看,现代主义文学是相对"古典主义""浪漫主义""现实主义"

文学而言的一种文学思潮。一般来说，它是19世纪末至20世纪中叶渐次出现的一种文学思潮或流派的总称，包括了诸如象征主义、表现主义、未来主义、超现实主义、意识流小说等具体的文学现象和流派。

现代主义的概念出现很早，据《牛津大词典》的说法，它最早出现在斯威夫特1737年给蒲柏的一封信中："骚人墨客给我们送来了乱七八糟的诗人，带着令人生厌的省略语和稀奇古怪的现代主义，对英语的败坏就来自他们。"[1]在斯威夫特看来，"现代主义"诗人带来的是完全不同于传统文学的新异的"乱七八糟"的玩意儿。应当说，这里的"现代主义"还不是我们今天所说"现代主义"，至多称得上是"现代主义"的先导。客观地说，"现代主义"作为一个文学批评术语，最初并不是一个褒义概念。但是，随着西方资本主义的发展，各种社会思潮不断涌现，新的美学原则便悄然生成。

《百科辞典·文学辞典》这样解释：现代主义文学产生和发展的社会条件，是两次世界大战给人类带来的空前浩劫及由此产生的知识分子严重的信仰危机，其理论基础，则是这时期广泛流行的种种主观唯心主义哲学。战争的种种灾难，使作家们原有的理性、正义、博爱、信赖等价值观念全部倒塌。……他们便一反传统文学的理性思维、有序组合和对事物的现实描写，而主张在非理性和反常规的格局下表现作家主观的直接体验。于是，我们看到现代主义文学不仅渗透悲观情绪和虚无思想，且到处充满潜意识、梦幻、象征、直觉、联想和自我。其人物描写常常非性格化，故事叙述常常非情节化，结构安排常常非

---

[1] The Philogical Society eds.*The Oxford English Dictionary*.Oxford：Clarendon Press 1978 Vo.Vi p.573.

层次化。……总之，非理性、反传统、重表现、重自我、重形式，即是现代主义文学艺术表现的基本特征。它是处于信仰危机的西方知识分子对现实的曲折反映。[1]

有三位作家通常被认为是现代主义文学的鼻祖，他们是美国的爱伦·坡、法国的波德莱尔和俄国的陀斯妥耶夫斯基。

爱伦·坡的理论和创作对法国象征主义的形成产生了重大影响。他在《诗歌创作原理》中倡导反自然、反说教的诗学主张，并强调形式美、暗示性和音乐性，可以看作象征主义的理论滥觞，其在创作中所表现的怪诞、梦幻色彩，开创了象征主义诗歌的先河。

波德莱尔的诗集《恶之花》（1857）的发表是象征派文学在欧洲确立地位的重要标志。从题材上看，它以愤世嫉俗的态度揭露城市的丑恶和人性的阴暗，特别是表现出现代人那种因与社会不协调而产生的无端而又无限的厌烦情绪，这种情绪和格调后来成为现代派文学的基调；艺术手法上，强调了心灵与事物之间、人与自然现象之间的契合以及各种官能之间的通感，并在部分作品中运用了象征手法，打破了直抒情感和白描景物的传统方式。诗人对"恶"的讴歌使得整个古典美学发生了倾斜和位移，从而使文学创作进入了一个"审丑"的现代主义时代；诗人提出的"应和说"理论以后成了象征主义诗歌的理论纲领。

陀斯妥耶夫斯基对人类深层心理的揭示，对人类灵魂的深切拷问，对人类变态心理的分析和描绘，使他的作品具有非常浓郁的现代性意义。陀思妥耶夫斯基特别致力于人的病态心理世界的精细描写，他不

---

[1] 章柏青等.百科辞典·文学辞典[M].北京：学苑出版社，1999.

仅写行为的已然结果，而且更着重表现故事发生过程中的心理活动，特别是那些自觉不自觉的反常行为、近乎痴迷与疯狂的反常状态，以此揭示寻常不易察觉的人性畸变。而人物的思想行为反常，恰恰又是他作品的特点。他对人类肉体与精神痛苦的震撼人心的描写是其他作家难以企及的。他的小说戏剧性强，情节发展快，接踵而来的灾难性事件往往伴随着心理斗争和痛苦的精神危机，以此揭露人物关系的纷繁复杂、矛盾重重和深刻的悲剧性。陀思妥耶夫斯基的善恶矛盾性格组合、深层心理活动描写对后世作家产生了深刻的影响。

新异的表现手法、独特的思想内涵，不断冲击着既有的文学秩序，传统的文学观念遭遇了前所未有的挑战；而诸如马克思主义、尼采哲学、柏格森心理学等社会思潮也在文化界形成了一场翻江倒海、石破天惊的文化大地震。现代主义这一声势浩大的文学浪潮渐次席卷欧美大陆，几乎颠覆了西方固有的文化基础，并使传统的价值观念、艺术标准乃至整个文明体系受到了前所未有的怀疑。欧洲自文艺复兴以来所建立的文学秩序开始土崩瓦解，艺术家数百年来所追求的目标也被公然抛弃。"现代主义"作为正面概念渐渐为人们所接受，现代主义文学蔚然升起。

二、现代主义文学产生的基础

现代主义文学的产生和发展有其独特的社会、历史与文化语境。它是西方资本主义社会不断发展并进入垄断阶段，各种社会矛盾日益尖锐、异化现象日益凸显的现代工业社会的产物，是动荡不安的20世纪欧美社会时代精神的反映和表现。

首先是社会背景。

工业革命以来，西方资本主义得到了迅速发展。物质财富日益丰富，生产能力大幅提高，社会生产高度组织化和机械化、资本高度集中，资本主义从自由竞争迅速走向垄断。

从宏观来看，社会矛盾日益突出。资本的逐利本能，使其必然要进一步加强对内盘剥和对外掠夺，对内加重盘剥必然导致劳资矛盾，或者说使无产阶级和资产阶级的矛盾加剧，而对外加紧掠夺则必然加剧殖民地人民和帝国主义宗主国之间的矛盾。资本主义的垄断和帝国主义化使其固有的种种矛盾越来越尖锐，生产能力过剩加速了市场的争夺，过度的盘剥削弱了消费的能力，也刺激了经济危机的发生，以致加速了战争的爆发。

微观地说，资本主义经济发展造就了一大批富人，也加速了阶级的固化，底层社会努力挣扎，却愈加贫困化，社会分化日趋严重。这是一个疯狂的时代，人人都有造富的梦想，人人都在逐梦的路上。但并不是人人都能梦想成真，心想事成，人们听着成功的故事，体味着壮志难酬的哀怨。这是一个物欲横流的时代，整个社会的价值取向逐渐集中，金钱占据了人的精神世界，人际关系物质化，温情脉脉的面纱下常常隐藏着冷漠的真面目。

伴随工业化、城市化而来的是现代城市病。工业化和城市化进程的加快，极大地改变了人们的生活，尤其改变了传统农业社会的人际关系结构。19世纪以前田园牧歌式的乡村风光，被充斥着钢筋水泥的巨型城市所取代，人们的价值观、世界观、宗教信仰等受到激烈的冲击和挑战。欧美社会的个人普遍出现了疏离感、陌生感和孤独感。现代主义文学最重要的"非人化"元素就由此而来。

宗法制农村的人际关系是相互依存的熟人社会，公众之间有密切联系，维系关系的是血缘亲情；从生存的角度看，由于生产力水平较低，物资相对贫乏，人与人之间需要互助合作。如今进入现代工业社会，生活是城市式的、世俗化的，生存是专业化的、分工化的，人与人之间的关系既单纯又复杂。大家在分工体系中不得不在隔膜中依存，往往以金钱为中介发生联系，因而人际关系也物质化了，似乎独立的每个人都是一个个个体，组装着社会关系，人与人的关系通过书面契约确定，是背靠背的关系，缺失了传统的情感，紧密又空疏，热闹而寂寞，人们成为社会链条上的一个个零件。这种个人与社会的疏离感、陌生化、个体所感到的孤独感和无所依靠的心境是现代资本主义工业社会的社会关系的特征，是现代化进程的产物。社会成为一种抽象的、异己的力量，抛开人而独立运转；要界定自己和人的本性、力量是越来越困难了。人们心中产生一种走向深渊或悬于半空的感觉，充满焦虑和不安。

现代战争对现代主义文学的重大影响是不可低估的，两次世界大战大大加强了现代人的失落感、无力感、荒谬感。钢铁立体战争彻底改变了人类的战争观，热兵器的巨大威力夺去了无数人的生命，对社会造成了极大的破坏，也给人类心灵造成了巨大的创伤。在经历了硝烟弥漫的战争之后，整个西方世界疮痍满目，惨不忍睹。人们极为恐惧地生活在一个混乱不堪，甚至荒诞可笑的世界里。战争彻底打破了欧洲社会岌岌可危的旧秩序和旧宗法，致使敏感的知识分子，尤其是文学家和艺术家，对资本主义的价值体系和伦理体系产生严重的怀疑，并滋生反叛情绪。

对现代主义文学产生重大影响的事件，还包括1917年爆发于俄国的十月革命。马克思的思想在资本主义价值体系遭遇质疑的时候，一跃成为一种重要思潮，许多现代主义文学家都直接或间接地受其影响。

总之，资本主义的发展带来了严重的社会危机，如贫富分化、阶级对立、价值分裂等，无不消解着人们对社会、对人生的一般认知。残酷的现实，不仅使人们动摇了传统的真、善、美观念，动摇了价值信仰，同时对人类的本性及人生也产生了怀疑，对人类未来的命运与前途深感焦虑和悲观。

其次是文化思潮。

西方现代各种非理性主义哲学思潮和社会思潮在社会中普遍流行，为现代主义文学提供了外部条件。从社会文化思想的角度看，西方现代主义文学正是西方现代非理性哲学与现代心理学相结合的产物，特别是叔本华的悲观哲学、尼采的权力意志论、弗洛伊德的精神分析论、柏格森的直觉主义以及萨特的存在主义等，为西方现代主义文学从美学思想到创作方法上提供了理论依据，使其染上了非理性主义和悲观主义的浓重色彩。

客观地说，现代西方哲学思潮也是西方社会发展的产物，是基于社会现实的思考。考察一个时代的社会哲学思潮不应局限于本时代，还应看到历史的变迁。西方社会自文艺复兴以来，在启蒙思想的激励下，人的个性意识不断加强，自由意志鼓动着人的种种欲望，被中世纪道德约束的人性本能在个性张扬的旗帜下不断释放。既有的规范渐渐失范，新的价值不断建立。比如，关乎人的生存的物质欲望不断放大，人们对发财的向往得到肯定，人作为经济人的地位得以确立。人在满足物质欲望的同时还有其他的欲望，如情欲、性欲、权力欲望等。在纷繁复杂社会世态下，人的复杂性越来越成为思想界关注、思考的实际问题。于是，现代西方哲学、心理学应运而生。

非理性主义正是基于对人的复杂性的思考。人们认识到人的世界并非全然的理性，其中掺杂了太多的感性的或非理性的因素，由此带来的是许许多多的不确定性。海德格尔说："只有当我们终于认识到，被颂扬了几个世纪的理性，其实是思想最顽固的敌人，只有这时，我们才有可能开始思想。"[1] 这一认知可以说直接改变了现代西方哲学的历史轨道。

悲观主义哲学家叔本华认为，人的意志就是各种各样的欲望，但由于受到各种主客观条件的限制而难以满足，因而人生注定充满了痛苦和挣扎。他的这一思考揭示了人的痛苦本源，也诠释了现代人在各种欲望中苦苦挣扎的困境。

尼采的权力意志论试图把人们从绝望悲观的世界拯救出来。他宣布"上帝死了"，要求人们做自己的主人，把命运掌握在自己手里，从生命的激情里爆发无穷的能量，这就是权力意志。在他看来，历史

---

[1] 威廉·巴雷特. 非理性的人——存在义哲学研究[M]. 段德智，译. 上海：上海译文出版社，2007：220.

的发展无非是个人实现自身价值的过程，而发展自我、扩张自我才是人生唯一的目的。但现实生活中，人的野心不断膨胀，实现手段更加残忍，人变得更加不可思议。在某种意义上，以权力意志为核心的超人哲学既是对命运的顽强抗争，也是不甘平庸或沉沦的竭力挣扎。"重估一切价值"就是对一切既有价值的颠覆和反叛。他要在全面否定社会、文明、基督教和传统的伦理道德的基础上，建立一套合乎现代人的生活准则的价值观念。尼采的哲学思想在20世纪初的一部分追求表现自我的现代主义作家中引起了共鸣，对他们的创作产生了重要的影响。

对人的深度思考也推动了心理学的发展。19世纪末期，对于人的心理机制的研究日趋发达。其中影响最大的是弗洛伊德的心理分析学说，尤其是潜意识理论对现代主义文学的形成具有重要的意义。弗洛伊德认为，人的精神生活分为两部分，即意识和无意识，无意识又分为潜意识和前意识。在他看来，无意识虽然是盲目的，却是决定着人类行为的内在动力。潜意识就是人的本能冲动，也就是性欲冲动。这种冲动经常受到理性、道德和各种社会法规、习俗的压抑，因此成为潜意识。他认为潜意识是人的生命力和意识活动的基础，人的行为动机均出自原始冲动和各种本能。他的著作《梦的解析》对无意识的诠释，更是把人的本能影响提高到无处不在的地位。弗洛伊德的精神分析说直接影响了现代作家的创作，梦魇成了现代派文学中的普遍现象，而对深层心理的无意识的挖掘也成为作家竞相表现的对象。

此外，法国哲学家柏格森的"心理时间"与"空间时间"说，极大地影响了现代派文学对时间的处理和对结构的安排。柏格森认为，人的内心生活中的"绵延"和"生命冲动"才是真正的存在，人们不能靠经验而只能凭本能的、不受理性支配的直觉来认识这种存在。按照他的观点，人的情绪、思想和意志犹如一股连绵不绝的动流无时不在变化之中。这种"流"不是任何实体意义上的流，而是各种状态、各种因素不断渗透、不断交替展现的过程，是一种不间断的、不可分割的活动。这种活动是心理的而非物质的，是时间的而非空间的。正是这种时间上的心理的"绵延"构成了宇宙的本质。柏格森的这种哲学思想对意识流小说有着非常明显的影响。

再次是文学和艺术思潮。

现代主义文学是西方文学自身发展演变的结果。

单纯从欧洲文学史的角度看，现代主义文学可以看作19世纪传统的浪漫主义文学向唯美主义文学转变、现实主义文学向自然主义文学转变，均形成危机而另谋出路的结果。

以王尔德为代表的唯美主义文学，是浪漫主义文学随欧洲民族民主革命的低落而蜕变的产物，其继承了浪漫主义对社会现状的不满，却丧失了浪漫主义的批判与重建精神，遁入象牙塔，主张"为艺术而艺术"。这一观点直接影响了大批现代主义作家，尤以法国象征主义作家为最。而以左拉为代表的自然主义文学，则是19世纪在欧洲盛极一时的现实主义文学蜕变的产物。它强调对外界现实的模仿，侧重描绘遗传和环境对人的决定性影响、病态事物和烦琐细节。可以说，自然主义文学作为桥梁联结了现实主义文学和现代主义文学。

无论是古典主义还是浪漫主义、自然主义，这里涉及一个美学问题：

真实。传统文学注重对生活的如实描写，以真为美，一味地强调文学作品再现客观世界。这样的文学原则过分强调外部客观世界的影响，忽视了主观内在因素对世界的感知，一定程度上限制了文学的表达力。随着哲学心理学的理论探讨的深入，人们越来越重视感性世界的表现，文学出现了转向内心探索和理念世界的浪潮，19世纪初的浪漫主义文学为现代主义文学的产生提供了土壤。浪漫主义文学对现实强烈不满，认为现实庸俗丑陋而对一切非凡的事物抱有浓厚的兴趣，强调文学的主要目的是表现人的主观精神世界；对抗现代文明和在它之前的古典主义的理性原则，而偏重于表现作家的主观理想和抒发个人的感情，因此使作品具有悲观、神秘的感情色彩。19世纪现实主义作家群中的一部分作家在其创作中也开始关注人的内宇宙，这就为后来的现代主义文学注重表现瞬间的、复杂多变的情绪和印象，挖掘人的深层的、潜在意识世界提供了一种文学艺术的深度。发端于19世纪的法国的自然主义更注重对"生物的人"的描写，更加强调人的生物本能对其社会行为的支配作用，更多地描写人的心理活动和自然情欲。

此外，其他艺术形式也对文学的表现手法产生了直接影响。20世纪初，以塞尚、高更和凡·高为代表的现代艺术的第一批大师主张用宽阔的笔触、粗犷的线条、鲜明的色彩来表现"主观化了的客观"。由于艺术和文学具有密切的亲缘关系，因此，整个20世纪现代主义文学的发展都和现代艺术的发展相辅相成，有的时候甚至拧合成一个分支流派，比如超现实主义这一流派就同时包括了绘画、雕塑和文学。

三、现代主义文学的特征

曾艳兵先生在他的著作《西方现代主义文学概论》中指出，早在1979年袁可嘉先生便从思想特征与艺术特征两个方面来概括西方现代派文学的基本特征。袁可嘉先生认为，现代派在思想内容方面的典型特征是它在四种基本关系上所表现出的全面扭曲和严重异化：在人与社会、人与人、人与自然（包括大自然，人性和物质世界）和人与自我四种关系上的尖锐矛盾和畸形脱节以及由此产生的精神创伤和变态心理、悲观绝望的的情绪和虚无主义的思想。[1]

在此基础上，曾艳兵先生综合多家论述，也从以下四个方面对现代派文学的整体特征做出概括：

1. 由于危机感、幻灭感导致悲观厌世情调；
2. 由于人的异化而形成文学形式的荒诞与变形；
3. 由于个体的发展、自我意识的增强而使文学重于创造、工于形式；
4. 由于心理意识的加强使整个文学向内转，重主观，形成意识流般的特点。[2]

徐曙玉、边国恩主编的《20世纪西方现代主义文学》一书认为：

---

[1] 曾艳兵. 西方现代主义文学概论[M]. 北京：北京大学出版社，2012：10.
[2] 同1：13.

一般说来，在作品内容方面，现代主义文学所表现的是人与人、人与社会、人与自然、人与物的对立关系以及现代人对自我的探索与思考，明显地表现出强烈的批判精神。……在表现方法上，现代主义文学是以表现法代替19世纪现实主义文学的再现法，较多地使用象征、隐喻、颠倒时空顺序的自由联想；注重表现瞬间的、复杂多变的情绪，挖掘人物深层、潜在的意识世界；善于采用荒唐、怪诞、反理性、反逻辑的写作手法。[1]

综合以上观点，我们认为，现代主义文学在内容上，一般以现代人的日常生活为题材，着力于表现人的异化，具体来说，包括生命的孤独、生活的荒诞、人生的虚无、人性的迷失。在非理性的感性生活的描写中体现对人生困境的理性思考，具有鲜明的批判意味。艺术上，现代主义文学注重人的内心感受，深度挖掘内面生活，常常采用象征、隐喻、内心独白、意识流等手法，刻意地以变异、反差、错置等方式表现荒诞的、扭曲的、悲凉的心绪，呈现出不同于常规的文本形态。

四、中国化的现代主义

中国现代主义文学是西方现代主义文学中国化的产物。中国化既是西方现代主义文学的变异，又是中国现代主义文学具有民族特色的

---

[1] 徐曙玉,边国恩.20世纪西方现代主义文学[M].天津：百花文艺出版社，2001：9.

根本。这里与其说是探讨中国现代主义文学的发生,不如说是以现代主义的视角观照中国现代文学,也就是说,我们更多是用现代主义的镜子,试图发现中国文学的现代主义特质,以此证明中国文学与世界文学的血脉联系。

客观地说,中国现代主义文学是在西风东渐的历史背景下孕育产生的。按说,工业文明产物的现代主义应该与半殖民地半封建社会的乡土中国毫无联系,但历史的吊诡在于,致力于民族复兴的中国知识分子在启蒙运动中神奇地发现了中国与西方世界的相似之处。荒漠化的意象变异为普遍存在的冷漠,生存焦虑与物质匮乏交织,精神危机呈现为封建礼教的道德控制,生命悲剧演绎出对不可知命运的莫名恐惧。在文化转型的历史时期,异域的种子为本土带来了新意,先行者的足迹成为后来人追寻的归依。我们急急地追赶,行色匆匆,既带着几千年的负累,又依靠着既有的自身。我们既有的文化可以说构成了接受外来思想的基础和前提,一切外来的东西都会接受既有认知的考查、筛选、变造,使之变成适宜自己需要的形态。这就不难理解个性解放运动从国民性改造走向社会革命的中国理路了。一句话,外来文化一旦进入中国的语境,必须与中国社会相结合,服务于中国社会的需要,必然打上中国的烙印。现代主义文学也不例外,它是植根于中国文化、中国社会生活的土壤之中,必须吸收中国的营养才可能生根、发芽、成长,最终成为中国现代主义文学。正如现代主义学者詹·麦可法兰所说:"每个对现代主义有所贡献的国家都有自己的文化遗产、自己的社会和政治张力,这些又给现代主义增添了一层独特的民族色彩，并使任何依据个别民族背景所做的阐释都成了易引起误解的管窥蠡测。"[1] 金介甫、李欧梵等致力于中国现代文学研究的学者把现代主义文学归类为外国现代主义文学、上海现代主义文学、学院现代主义文学，充分体现了中国现代主义文学的复杂性、异质性和本土性特征。具体表现为：

在生活层面上，中国社会的书写成为文学表现的对象，乡土的、半殖民地半封建的社会生活、文化心理、情绪特征，才是文学表达的主体。事物发展的逻辑完全是中国的。

在思想层面上，西方现代非理性哲学成功地与中国传统非儒哲学思想嫁接，成为中国现代主义文学思想的核心。反叛传统而不脱离社会，个性解放衔接的是家国情怀，感性生活常常被理智节制。

在艺术层面上，意象组合、心理分析、蒙太奇等现代艺术手法与中国传统的意象理论、叙述方式发生同构，完成了叙事方式和表现方式的现代化。

在美学层面上，西方现代主义文学朦胧、颓废、审丑的美学风格与中国传统的审美方式发生融合，完成了美学风格的历史转型。哀伤却不颓唐，张扬而又婉曲地成为中国现代主义的基本格调。

---

[1] 马·布雷德伯里，詹·麦可法兰. 现代主义[M]. 胡家峦，等，译. 上海：上海外语教育出版社，1995：75.

第二章

中国现代文学中的现代主义轨迹

　　现代主义在新文学的发展中总是呈现着时断时续的状态，并不像现实主义那样始终贯穿于新文学的全过程。现代主义的产生和发展是基于工业化、都市化和社会生活的现代化，而20世纪20年代的中国社会刚刚从封建王朝的统治下解放出来，社会生产和社会生活依然停留在欠发达的农业文明阶段，不仅远远达不到现代化的程度，甚至连基本的现代性也没有。但是，当时对外开放的文学界已具有了世界性的艺术视野，发生于发达西方国家的现代主义文学思潮被介绍到国内，一方面作为批判封建主义的有力武器，另一方面作为开放姿态的表征。当时新文学的倡导者们，大都将现代主义理解为一种新的文学形态，在文学创作上几乎与西方同步，新文学的诞生之初，就出现了现代主义的因素。但是，中国现代历史的发展，没有为现代主义文学的充分发展提供条件，如20世纪30年代民族生存危机的加重，使文学创作转向全民族的抗日救亡运动之中,中断了在现代主义文学上的探索。这既有社会的、历史、文化方面的原因,也与现代主义文学自身的特性有很大关系。但很明显,中国现代主义文学的内在脉络一直没有中断。这里,为了表述的方便,我们按照习惯把1917—1949年三十多年的历史分成三个阶段:20世纪20年代(1917—1927年)是现代主义文学的发生期,积极引进、消化;20世纪30年代(1927—1937年)是其自发期,主动探索,大胆实践;20世纪40年代(1937—1949年)是其自觉期,强化了与时代的融合。

一、20世纪20年代——现代主义文学的发生期

1917年开始的中国现代文学,从其登上历史舞台,就成为世界文学的重要组成部分,展示了与世界文学的密切联系。从一开始,新文学就以开放的姿态迎接文学新的纪元。新文学工作者积极介绍异域思潮,一时之间蔚成风气。从胡适揭起文学改良的大旗到1925年前后,有关西方现代主义文学思潮流派的译介在文学论述中占有相当大的比重和相当重要的地位。上至古典主义,下至浪漫主义、自然主义、唯美主义等西方几个世纪以来的文艺现象,兼收并蓄地呈现在国人面前,其中不乏正在西方兴起的被称为"新浪漫主义"或"新罗曼主义"的西方现代主义文学思潮。郑伯奇在总结当时的情景时说:"浪漫主义、现实主义、象征主义、新古典主义,甚至表现派、未来派等尚未成熟

的倾向都在这五年间的中国文学史上露过一下面目。"[1]

历史的足迹已深深铭刻在我们习以为常的当然记忆里，他们提出的许多在今天看来十分寻常的观点，在当时其实是很前卫、新颖的。比如，胡适的《文学改良刍议》中不避俗字、写下等社会等提法，体现的正是当年美国意象派的观念。他的文学进化论也是取义于当时流行的进化论思想。正是因为"五四"知识分子普遍接受了达尔文的社会进化论思想，文学进化论很快就形成时代的共识。就时间上来看，中国新文学的发生与西方现代主义文学几乎同时发生，新的文学思潮和作家作品自然会引起新文学者的极大关注。

当时几乎所有的新文学刊物都积极介绍外国文学，比较重要的刊物有小说月报、新青年、少年中国、诗、创造季刊、文学周报、创造周报等，他们对西方文学思潮的译介中，现代主义思潮所占的比重极大，几乎涉及了现代主义文学思潮的大小流派。而在西方现代主义文学这一总体的思潮中，又以对当时正在盛行的象征主义思潮的译介比重最大。不同刊物因办刊宗旨与文学倾向不同，其译介也各有侧重。小说月报主要提倡写实主义和自然主义，但关于现代主义的译介也不在少数；少年中国大量译介法国象征主义理论和作品；"创造社"的创造季刊、创造周报等刊物主要提倡浪漫主义及表现主义。

积极地把现代主义介绍到中国来的作家或学人有鲁迅、沈雁冰、郭沫若、周作人、陶履恭、田汉、吴弱男、易家钺、傅东华等。他们有的在理论上提倡或译介现代主义作家及其作品，较有影响的评介文

---

[1] 郑伯奇编选.中国新文学大系·小说三集[M].上海：上海良友图书印刷公司，1935.

章有沈雁冰的《我们可以提倡表象主义文学吗?》《表象主义的戏曲》《未来派文学之现势》，郭沫若的《批评与梦》《自然与艺术——对于表现派的共感》，易家钺的《诗人梅德林》，吴弱男的《近代法比六大诗人》，陶履恭的《法比两大文豪之片影》，张东荪的《论精神分析》，马鹿的《戏剧上的表现主义运动》，宋春舫的《德国之表现派戏剧》，胡愈之的《近代德国文学概观》，张闻天的《波特莱尔研究》，谢六逸的《新感觉派》等。章士钊的《弗罗已德叙传》，鲁迅的译著《苦闷的象征》《表现主义诸相》等则更为全面地评述了西方的现代派思潮及其文学作品。[1] 这些文章涉及诗歌、戏剧、小说等不同文学门类，可见讨论的热烈和内容的丰富情况。《小说月报》在1920年第11卷1号上发表《小说新潮栏宣言》，强调"西洋的小说已经由浪漫主义（Romanticism）进而为现实主义（Realism）、表象主义（Symbolicism）、新浪漫主义（New Romanticism），我国还停留在写实之前，这个显然又是步人后尘。所以新派小说的介绍，于今实在是很急切的了"。作为主编的沈雁冰断言："能帮助新诗潮的文学该是新浪漫的文学，能引我们到正确人生观的文学该是新浪漫的文学……今后新文学运动该是新浪漫主义的文学。"

在五四新文学者看来，尽管我们的文学需要遵循文学进化的基本规则，将西方几百年走过的"古典——浪漫——写实——新浪漫"的路一一走过，但他们迫切地需要中国文学紧随世界的潮流。他们以时不我待的心情，把正在西方兴起的"新浪漫主义"介绍进来，大有偏

---

1 王剑丛.中国新文学中的现代主义发展轨迹探寻[J].广东社会科学，1999（2）.

师借助现代派的味道。当然,现代主义文学独特的风姿与新文学的时代要求的契合,才是他们引荐的内在动力。五四反封建、反传统的个性解放诉求在西方现代主义思潮中找到了依据,因而两者之间产生了深刻而持久的共鸣。现代主义文学要求内转烛照心灵世界的表现方式,也自然而然地与五四时期中国知识分子内心苦闷抑郁的心灵相契合。周作人在译介波德莱尔的诗歌时,便特别强调其作品所传达的时代精神,认为波德莱尔写"灭的灵魂的真实经验,这便足以代表现代人的新的心情"[1],认为"他的貌似的颓废,实在只是猛烈的求生意志的表现,与东方式的泥醉的消遣生活绝不相同。所谓现代人的悲哀,便是这猛烈的求生意志与现在的不如意的生活的挣扎"[2]。当然,西方文学表现手段的新颖与形式的创新,也为新文学者所服膺。只不过,这来自异域的奇葩必须和中国这块土地相结合,才可能开出属于自己的花朵。于是,在新文学的园地里,现代主义文学一时间绽放出绮丽的风采。

鲁迅,无疑是新文学的开拓者,他的作品处处显示着现代主义的光辉。他的第一篇白话小说《狂人日记》出手不凡,石破天惊。小说通过描写狂人独特的心理活动,写出了人与社会、人与人之间的紧张关系,吃人意念笼罩全篇,意识流动独特诡异。无论内容还是形式,这篇新文学的开山之作,都堪称是一部典型的现代主义尝试,其中浓郁的象征色彩、奇特的心理展示,都为新文苑注入了新鲜活泼的血液。以此为发端,鲁迅一发而不可收,连续创作了一系列直刺灵魂的经典作品。《药》中庸众与革命者的陌路隔绝,既写出了悲凉的心境,也

---

[1] 周作人. 波特莱耳散文小诗·译者附记[N]. 晨报副刊,1921-11-12.
[2] 周作人. 三个文学家的纪念[N]. 晨报副刊,1921-11-14.

充满了激愤,小说通篇运用象征,药表面上是华老栓为儿子买的人血馒头,实则显示了旧民主主义革命与普通民众的隔膜,几个英雄的鲜血治不了病入膏肓的死气沉沉的旧中国。人血馒头的深意还延续了"吃人"的命题,凸显了整个社会从统治阶层到普通民众身上普遍存在的既愚昧颟顸又冷漠嗜血的血腥现实。一条杂草丛生的小路,隔开的不仅是夏瑜和华小栓的坟墓,更是他们之间的心灵世界。这就难怪鲁迅要在小说的结尾凭空写出一只乌鸦的尖叫着飞去,他不给人们留下任何的幻想,他要的是直面人生、正视鲜血。也正是在这个意义上,安特莱夫式的阴冷背后,显示的是灵魂的深。鲁迅的小说,对心灵的开掘达到了前所未有的深度,他直接深入人的潜意识,揭出行为表象背后的内心隐秘。可怜的祥林嫂被封建礼教的教条剥夺得苦不堪言,成为献在礼教祭坛上的牺牲品,但她浑然不知自己悲苦命运的根源,依然自觉不自觉地维护着一个个礼教信条。爱姑泼辣大胆,但还是在七大人威严的喷嚏声中噤若寒蝉,发不出声。尽管她一路想着怎样申辩,可面对权威的压力,发自内心的恐惧还是让她屈服。一篇篇有力的作品,无情地揭露着现实的冷酷。他的作品既表现出灵魂的深,同时又以形式的新颖影响着新文学,茅盾称其一篇有一篇的新形式,的是确论。形式的创新、手法的多样,吻合的恰恰是现代主义文学大胆反叛、勇于革新、追求新奇的美学诉求。《狂人日记》打破了中国传统小说注重有头有尾、环环相扣的完整故事和依次展开情节的结构方式,而以13则"语颇错杂无伦次""间亦略具联络者"的不标注年月的日记为内容,按照狂人心理活动为线索来组织小说。《孔乙己》又在小说叙述者的选择上煞费苦心。小说的核心孔乙己与酒客的关系，已经构成了"被看/看"的模式；在这个模式里，作为被看者的孔乙己（知识分子）的自我审视与主观评价（自以为是国家、社会不可或缺的"君子"，"清白"而高人一等）与他（们）在社会上实际所处的"被看"（亦即充当人们无聊生活中的"笑料"）地位，两者形成巨大反差，集中反映了中国知识分子地位与命运的悲剧性与荒谬性。《在酒楼上》与《孤独者》中，小说中的叙述者"我"与小说人物（吕纬甫与魏连殳）是自我的两个不同侧面或内心矛盾的两个侧面的外化，于是，全篇小说便具有了自我灵魂的对话与相互驳难的性质。《白光》《高老夫子》等小说虽属现实主义作品，但是，作者采用了一些表现主义手法，通过幻觉的描写，深刻地揭示了人物病态畸形的精神和灵魂，深化了作品的主题。《不周山》（即后来的《补天》）和后来的《肥皂》等小说，自觉地运用了弗洛伊德的精神分析学说。《肥皂》通过主人公四铭下意识地买回一块香皂送给夫人的行为来揭示他由流氓调戏女乞丐而引起的性心理。《幸福的家庭》将内心独白和感觉印象相互交织，主观意识中对幸福家庭的向往，与现实生活中的窘况构成了强烈的对比。《弟兄》利用幻梦的形式，直探沛君心灵深处的隐秘，将其潜意识暴露出来。

　　以创造社作家为主干的抒情小说作家将"五四"小说领域里"表现自我"的主观性推至极端。大胆的自我暴露是其基本特征，以往难以启齿的隐秘心理，在他们手中形诸笔端。郭沫若的《残春》和郁达夫的《沉沦》，王以仁的《孤雁》，杨振声的《玉君》，丁玲的《莎菲女士的日记》等，也都具有意识流的因素。尤其是林如稷的《将过去》

带有明显的意识流特色。《将过去》以时空交错的手法,将幻觉、情绪和感觉杂糅在一起,展示了苦闷的青年若水内心的矛盾和痛苦。他们的作品,或多或少地受到了弗洛伊德的性欲理论的影响,也明显带有日本私小说的性质。郭沫若的《喀尔美萝姑娘》,郁达夫的《茫茫夜》《秋河》,张资平的《飞絮》《苔莉》,叶灵凤的《浴》《昙花庵的春风》,向培良的《飘渺的梦》,许杰的《火山口》,王以仁的《神游病者》,周全平的《圣诞之夜》,白采的《微眚》,等等,这些作品大多是描写病态和变态的性心理。其主人公表现出来的是要求在性本能的冲动行为和心理活动中得到释放,突出了性本能是人最重要的本能。

在诗歌领域,早期的新诗尝试者无不借鉴外来的经验。胡适的《尝试集》中的作品与其倡导文学改良的理论基础意义,同样带有意象派的影子。胡适是在美国意象派诗歌的启发下,意识到了必须"充分采用白话的字,白话的文法,和白话的自然音节""做长短不一的诗",把"诗的散文化"与"诗的白话化"统一起来,实现"诗体的大解放"。[1] 而周作人的《小河》,沈尹默的《月夜》,鲁迅的《梦》《人与时》,玄庐的《偶像》,把虚化意象与可感的意象相结合,表现了强烈的主观意志。郭沫若的《女神》可以说是一部蕴含象征主义、表现主义及印象主义等多种艺术元素的浪漫主义诗集。他是一位能将浪漫主义与象征主义有机融合进行创作的天才诗人。意象派和未来主义的主张在他的作品中得到彰显。以闻一多为代表的新月诗派,从唯美主义转向

---

[1] 胡适. 谈谈"胡适之体"的诗[M]//陈金淦编. 胡适研究资料. 北京:十月文艺出版社,1989:421.

象征主义，主张将"直抒胸臆"的抒情方式转化为主观情愫的客观对象化，用具体可感的形象写出主观情绪。他们创造了《奇迹》（闻一多）、《雨》（朱湘）、《唐朝的微笑》（陈梦家）等比较典型的象征诗。作为新月诗派的领袖，闻一多提出的"三美"主张既有对中国古典诗歌美学的继承，也贴合了西方现代诗歌的要求。在创作实践中，新月诗派提高了新诗的艺术水平，很大程度上得益于其意象的创造。闻一多的《口供》《死水》等诗作情感的表现蕴藉而含蓄，具有鲜明的形象性。炽热的情感经过艺术的想象，幻化为具体可触的客观形象："青松和海""鸦背驮着夕阳""黄昏里织满了蝙蝠的翅膀""一壶苦茶"，"苍蝇"在"垃圾桶里爬"。丰富的意象，能够激起读者更丰富的联想，积极参加审美再创造过程，大大提高了诗歌的表现力。徐志摩的诗充满了具有活跃的创造力与想象力的新的意象。"假如我是一朵雪花／翩翩的在半空里潇洒／我一定认清我的方向——／飞扬，飞扬，飞扬，／——这地面上有我的方向"（《雪花的快乐》）；"那河畔的金柳／是夕阳中的新娘／波光里的艳影／在我的心头荡漾／软泥上的青荇／油油的在水底招摇／在康河的柔波里／我甘心做一条水草"（《再别康桥》）；"我是天空里的一片云／偶尔投影在你的波心——／你不必讶异／更无须欢喜——／在转瞬间消灭了踪影"（《偶然》）。内心深处真实的情感外射于客观物象，将主、客体内在神韵及外在形态之间十分贴切自然地相契合。而韵脚的和谐、节拍的匀齐与抒情的旋律相结合，内在精神与内心节奏相适应，使其诗作平添了音乐的韵致，增强了诗歌抒情和审美的力量。

在新旧交汇的变革时代，感触着时代寂寥和生活苦闷的青年诗人们，现实中的失望使得他们在感伤与寂寞中嚼味个人感情的悲欢。"歌唱人生的悲苦与寂寞，歌唱神秘的的颓废与感伤，歌唱爱情的眷恋和创痛，歌唱梦境的幽冷与死亡的凄苦，这几乎成为初期象征派诗的普遍性的主题。"[1] 20世纪20年代中后期的诗坛上，象征派诗歌的理论倡导和实践为新诗注入新奇的气息。他们强调把纯粹的、表现的世界给诗作领域，要求的不仅是诗的抒情方式，也是为艺术而艺术的自觉张扬，这与西方象征主义的要求相一致。被称作"诗怪"的李金发，也是象征诗派的代表，以其《微雨》（1925）、《为幸福而歌》（1926）和《食客与凶年》（1927）三部诗集，给当时沉寂的中国诗坛吹来一股奇异的风，并形成了中国现代文学史上第一个具有流派意义的象征主义诗人群体。穆木天、冯乃超、王独清、于赓虞、邵洵美都是象征诗的作者。

在戏剧创作方面，郭沫若的《棠棣之花》、田汉的《灵光》、洪深的《赵阎王》等剧作都是具有表现主义精神的名作。还有高长虹的《人类的脊背》更是一部模仿表现派剧作家哈森克莱维尔《人类》的剧作，具有鲜明的表现主义特征。尽管表现主义戏剧在此时的中国并未成熟起来，但是西方表现主义戏剧是呐喊的，它开阔了中国戏剧家的眼界，使他们在这方面进行了有益的尝试。

---

[1] 孙玉石. 中国现代主义诗潮史论[M]. 北京：北京大学出版社，1999：49.

二、20 世纪 30 年代——现代主义文学的自发期

如果说五四时期积极引进、大胆尝试是显示着开放的姿态和跟上世界大潮的努力，那么五四退潮后的新文人便消退了青春期的激情，更多地以理性的态度审视其选择。

20 世纪 30 年代初出现的现代诗派和新感觉派小说，在本时期掀起了现代主义文学的浪潮。它们以先锋文学的新面貌，标示着现代主义文学已作为一支新的文学力量实现崛起。

20 世纪 30 年代的现代派是由后期新月派与 20 世纪 20 年代末的象征诗派演变而成的。戴望舒 1929 年出版的第一部诗集《我的记忆》标志着 20 世纪 30 年代现代主义诗潮的产生。1932 年 5 月创刊的现代杂志（1935 年 5 月终刊），成了刊载现代派诗歌并使之独立与成熟的重要园地，"现代派诗"也因现代杂志而得名。其代表诗人除戴望舒外，还有施蛰存、何其芳、卞之琳、废名、林庚、李白凤、金克木等。施蛰存在《现代》4 卷 1 期上发表的《又关于本刊中的诗》几乎可以看作现代派诗歌的宣言："现代中的诗是诗，而且是纯然的现代诗。它们是现代人在现代生活中所感受的现代的情绪，用现代的词藻排列成的现代的诗形。"现代诗派的出现是时代的产物。"四一二"反革命政变前后，中国社会环境发生巨变。曾经满含着理想，向往积极投入大革命运动的许多青年陷入了无所归依的痛苦之中。热烈的追求与渴望，天真的奔走与挣扎，纯洁的梦想与奉献，都被无情地摧毁了，笼

罩他们心头的满是迷惘、彷徨、恐惧、失落和绝望的情绪。戴望舒的《雨巷》描绘的那种阴霾的雨巷,抒情主人公感到的悠长而又寂寥的氛围,便可视作作者所强烈感受的时代象征。渴望一位有丁香一样的颜色与芬芳,也有丁香一样的忧愁的美丽姑娘的出现。美好而苦涩的理想深隐在这个满含象征意蕴的意象里,写出了现代人的忧伤和寂寥。

1936年创刊的新诗月刊(1936年10月至1937年7月,共出10期),上海康嗣群、施蛰存主编和发行的综合性文学刊物文饭小品(1935年2月至1935年7月,共出6期),北京卞之琳编的水星(1934年10月至1935年6月,共出9期)以及其他的一些刊物,也发表了一些现代派诗人的作品,也可视为20世纪30年代现代派诗人聚集的一个最重要的阵地。这样,在20世纪20年代末至1937年抗日战争爆发之前,以戴望舒为领袖的现代派诗潮,蔚为气候,风靡一时。现代派诗人典型的"现代情绪"既有波德莱尔笔下都市文明的沉沦与绝望,以及魏尔伦诗行中颓废的世纪末情绪,也有着来自农村身处都市却普遍存在的理想失落,不愿舍弃却又无力追回的挣扎的无奈哀伤。诗情是现代的,也是中国的。在艺术上,他们同样显现了中西融合的艺术追求,用日常生活中的口语,大量生活中最常见的意象,以主客体交融为旨归,注重意象叠加的组合方式,达到西方与东方意趣的交融。戴望舒的诗集《望舒草》(1933)既借鉴法国后期象征派诗人的表现方法又结合中国传统诗艺,形成了自己独特的稳健的现代派诗风,成为本时期沟通中西诗艺、寻找中外诗歌艺术融合点的最早实践者。卞之琳的诗集《三秋草》(1933)是对波德莱尔的借鉴,既有"晚唐南宋诗词的末世之音,同时也有点近于西方'世纪末'诗歌的情调"[1]。卞之琳、何其芳、李广田一起合出了一本诗集《汉园集》(1936),因而被称为"汉园三诗人"。他们的诗作,在个人情怀的抒发中传达出对黑暗沉闷的现实的不满。诗的意境朴实而优美,在现代派诗风中产生过很大的影响。

20世纪30年代,上海已经成为国际化大都市。以施蛰存的心理分析主义,穆时英、刘呐鸥的新感觉主义为代表的现代派小说,就产生于这个极具现代意味的城市。毋庸置疑,中国新感觉派小说受到日本新感觉派的直接影响。日本新感觉派小说中新奇的表现手法,跃动的感觉描写、大胆的人性解释,对中国文坛极具诱惑力。实际上,日本新感觉派脱胎于20世纪20年代流行一时的私小说,他们进一步发展了对于心灵世界的表现认知,认为只有通过主观感觉才能接触到事物内部的真实性,都主张文学技巧的革新,强调直觉,强调主观感受,突出对感觉的表达。私小说对欲望的描写曾经极大地影响了创造社作家的创作,并在此基础上形成了初期海派,如张资平、叶灵凤等。新感觉派在欲望描写的基础上进一步发现城市,审美地表达现代人生活的现代性。刘呐鸥的小说集《都市风景线》把当时上海刚形成的现代生活和男女社交情爱场景尽情摄入,猎取一点儿病态心理夸张地予以表现,以对城市人的生存处境细加体验。被称为"新感觉派的圣手""鬼才"的穆时英是真正意义上的新式洋场小说家,创造了心理型的小说流行用语和特殊的修辞,用有色彩的象征、动态的结构、时空的交错以及充满速率和曲折度的表达形式,来表现上海的繁华,表现上海由

---

[1] 卞之琳.《雕虫纪历》自序[M]//卞之琳文集:中卷.合肥:安徽教育出版社,2002:459.

金钱、性所构成的众声喧哗。施蛰存的心理分析小说在20世纪30年代堪称独步，取材于历史故事的小说《将军底头》《石秀》《李师师》《摩罗鸠什》等，用精神分析来重新解释历史人物和事件；《梅雨之夕》《狮子座流星》《春阳》等篇什，则是用心理分析的方法探析现代女性的心理世界，窥视人性经久不息的涌动。

新感觉派后续作家还有黑婴、禾金。第一次用"黑婴"作为笔名发表的短篇小说《帝国的女儿》写的是一个日本女郎在中国以零售肉体和青春为业的屈辱生活，刻意展示了现代都市生活中灵肉分裂的病态人格。其后的作品中，灵与肉的冲突成为他表现爱情与性欲对立的叙事模式。1933年的《1000尺卡通》及以后的《雷梦娜》《伞·香水·女人》《咖啡座的忧郁》《女性嫌恶症患者》《回力线》等，竭力地写出了都市摩登女郎的浮华心态。他的创作很受穆时英的影响，在小说的表现技巧上做了许多有益的尝试。他的一些小说，采取以地点的位移和变换推动故事发展的空间性叙事，一改过去以时间为发展线索的平面直线型的传统叙事模式，非直线逻辑的组合、连缀、电影蒙太奇的拼贴技巧的运用等为现代主义文学在中国的发展带来了新的艺术质素。

禾金的小说具有十足的穆时英风，也是一种感伤的现代主义的品格。《造形动力学》《副型爱郁症》里的女性，或开放，或"左"倾，或忧郁而亡，显示了都市的某种生存环境。禾金的作品虽然不多，但文体形式的讲究，包括感觉型句子的排列、浓冽的低回调子的酝酿、电影镜头式不断切割，用得都极为娴熟。

作为一个典型的现代大都市，上海很自然地成为孕育现代主义文学的温床，很容易与西方现代主义取得了一致性。但半殖民地半封建的非典型资本主义的社会历史条件又使上海现代主义呈现出不同于西方现代主义的新的特质。在新感觉派的笔下，那些浮光掠影式的扫描一方面表现着批判和疏离、厌恶与拒斥，另一方面又无意间流露出欣赏与向往、欣羡与迷醉，这使上海的现代主义对于现代都市和资本主义体制的态度显得更为暧昧。

很明显，新感觉派具有鲜明的现代主义特征。而此时，文坛上活跃着的其他作家，在相当一些作品中同样表现出现代主义意味，只是不如新感觉派那样特征明显。

京派代表作家废名在其作品中最早融合中国传统诗学与西方现代主义的表现方式。他作品中所展示的灵活转换的时空、自由并置的意象、语言的革新与游戏、散点透视的多元视角、具有元小说性质的自反性叙事等，都很容易让人想到西方的意识流小说或立体派绘画。不过，他小说中所体现的现代主义风格更可能具有自生性特质，来自他个人的生命体验和个性气质仅仅是一种不自觉的暗合。深受废名影响的作家汪曾祺就认为废名小说的意识流表现是从生活里发现的。废名开创的田园抒情小说所创造的审美乌托邦暗含着对社会现实的不满和对启蒙现代性的反思。虽然在技巧层面与西方现代主义有诸多相似之处，但在精神气质上还是更接近浪漫主义。沈从文的小说与废名一脉相承，沈从文受到废名田园抒情的浪漫倾向影响，他的作品具有田园牧歌时代的情调，善良的人性、质朴的民风与美丽的自然相交融，如梦如幻地勾勒了一幅幅健康的不悖乎人性的人生方式图景。他的小说以显著文化历史指向、浓厚的文化意蕴以及独特的人情风俗而显现着浓郁的抒情色彩。这种小说，不重情节的经营与人物的刻画，非常重视叙述主体的感觉、情绪在创作中的重要作用，无论写人、叙事还是状物，都是以叙述主体的主观感受为出发点。沈从文就是用水一般流动的抒情笔致，通过描摹、暗示、象征甚至穿插议论，来开拓叙事作品的情念、意念，加深小说化内涵的纵深度，制造现实与梦幻水乳交融的意境的。他的文学理想不是强化文学和社会、和时代的关系，而是通过文学达到对"生命的明悟"，使人"从肉体理解人的神性和魔性如何相互为缘，并明白人生各种形式"，"激发生命离开一个动物人生观，向抽象发展与追求的欲望或意志，恰恰是人类一切进步的象征"[1]。沈从文从人性的缺欠、人性的冲突入手，企图用湘西世界保存的那种自然生命形式作为参照，探求人性重造这一沉重主题。

京派的另一重镇老舍的小说向以写实而著称，但对人生的探讨、对城市文明病的深刻批判，使他的创作打上了鲜明的现代主义烙印。他的代表性作品《骆驼祥子》与其说是叙述一个悲剧故事，毋宁说是对人的生命形式的全面解剖。这是一个来自农村的纯朴的农民与现代城市文明相对所产生的道德堕落与心灵腐蚀的故事，也是一个美好理想被丑恶现实一步步消磨、扭曲的故事。老舍透过祥子观察锁住人的心狱，因而，祥子在堕落过程中的一个个不幸遭遇，蕴含着一个个不断向自我和人类内心探究的旅程结构：哀莫大于心死。在老舍的笔下，祥子就是一个人生的标本，物质欲望、生物本能、人性善恶无所不备。

---

[1] 沈从文. 小说作者和读者[M]// 沈从文选集：第5卷. 成都：四川人民出版社，1983：118—119.

老舍用生活中不可或缺的人、事、物暗示或象征，在看似日常的书写中显示了人与他人的冲突、人与社会的纠结、人与自我的抗争，写出了深陷其中、难以挣脱的生的苦闷。冷静的笔致、抒情的笔调，掩不住理想不能实现的悲凉。《月牙儿》中母女相继为娼，"我饿"的呻吟不是一句简单的人道主义的悲悯同情能够解决的。人性的善良，人对美好的向往，抵不住各种欲望的交相攻伐；生活的磨砺，会把最柔软的心灵变得粗粝不堪、面目狰狞。欲望，物的、情的、本能的、生发的，是一切悲剧之源。

而另一位现实主义巨匠茅盾在五四时期以理论家的身份译介西方文学思潮和作品，大革命失败后开始文学创作。熟悉西方现代主义的他，作品当然融入了现代主义的成分。茅盾以社会剖析而著称，而科学理性是支撑社会剖析的基石。我们单纯地谈论其作品的史诗性、时代性其实只是一个方面，重要的是他笔下的人都是社会的人，因此，他不是纠结于人物一己的命运，而是把他看作社会的产物，把人物置于错综复杂的各种社会关系中，人物的命运就是整个社会的命运。这种理性分析，无疑超越了一般的直观感性的认知方式，脱离了柴米油盐和情感道德的基本面而走向更加合乎现代认识。现代主义强调的非理性主义原则，并不是说对社会人生不做深度的理性分析，而是要求作家直面人生，关注现实生活的真切感受，这也是现代主义超越古典主义、浪漫主义而更接近自然主义的原因。在这个意义上，茅盾的《子夜》虽然与新感觉派的城市书写不同，但它对现代都市的开掘拓展也是有力的。一方面是光怪陆离、眼花缭乱之余的艳羡陶醉，另一方面则是深深的恐惧与战栗。《子夜》开篇通过吴老太爷的眼睛展现出一个地狱般诡异恐怖的洋场世界：怪兽般的汽车、妖精般的摩登女郎、鬼火一般无端明灭闪烁的霓虹灯，以致这位少年时一度新潮时尚过的中国乡绅初到上海就饱受刺激而死，吴荪甫妹妹则必须整天捧读吴老太爷遗留的《太上感应篇》才能找到内心宁静……一面是诱惑，一面是压抑。滚滚红尘中，灯红酒绿开启的不仅是欲望之门，还会带来对内心本我的迎拒。浓墨重彩的情节渲染足以给读者一个强烈的暗示：现代都市生活不仅仅诱惑迷人，而且充满危险——厚颜无耻者有之，人伦泯灭者有之。追逐爱情者的幼稚，卖身逢迎者的狡诈，十里洋场的林林总总，处处隐藏着欲望的鬼火。与新感觉派相比，茅盾的都市男女是隐性的，他不是把它当作刻意表现的主题，而是以之构成整个环境，作为生活的形态更真实、更原生态。茅盾这种更为现实主义地书写现代都市特质，在中国现代都市小说中好像没有第二例。

三、20 世纪 40 年代——现代主义文学的自觉期

20 世纪 40 年代的现代主义文学，已在十几年的历史发展中积淀得更加深沉。作家对现代主义的态度已然不同于 20 年代的欣喜和 30 年代的热情，即使秉持现代主义美学理念的作者也大都冷静地把它转化为方法，不事张扬地融入自己的创作。他们一方面继承着象征派、新月派、现代派固有的创作方法；另一方面，又将其与中国自身的历史、文化、审美相结合，不仅在吸收和运用西方象征派、现代派的技巧上

具有中国特色,而且在与现实主义的融合中,具有鲜明的时代特征。

活跃于诗坛的是紧跟时代步伐,致力于热烈拥抱现实的七月派和孜孜于现代主义艺术探索、呻吟着时代的苦难的西南联大的学院派。

七月诗派是20世纪三四十年代,围绕着胡风主编的七月、希望杂志的一批诗人与作家,因七月杂志而得名。七月诗派是受艾青、田间创作的影响,以理论家兼诗人胡风为中心而形成的一个青年诗人群体。这也是一个贯穿抗日战争和解放战争时期的重要的诗歌流派,主要成员有绿原、阿垅、曾卓、牛汉等,半月文艺、诗创作、诗垦地等刊物也是他们的重要阵地。七月派以文学理论家胡风为精神领袖,他的文学思想一定意义上代表了七月诗派的艺术倾向。他重视表现人的心灵世界,强调把理性思想化合为感性机能的表达机制。换句话说,就是要重视内心体验和灵魂冲突,并形象地表现人的主观精神。就每个诗人的创作实践而论,唱出符合时代精神的集体之歌固然是他们的心愿,而唱出他们精神隐秘之处的个人之歌同样也是他们的不可剥夺的权利。

作为新诗艺术成熟的现代诗人,他们拨弄着现代的琴弦唱出胸中的抑郁和激愤。在他们的诗作中,常常将内面世界化作一个个艰涩的可感意象,情感曲折而又灵动地流溢而出。阿垅的《琴的献祭》揭示了对人生困境的激烈抗争:

  我,像Tantalus饥渴于在眼前飞来幻去的/鲜果活水/像Sisyphus上山下山地推滚石头而不断/奋勇和徒劳/像Narcissus忠守着四目相视的/美丽的水中影子/是本身底影子也是爱情底化身，又甜又苦的／可悲的幻觉／像 Prometheus 狂号于／不是被不断毁伤，而是为了那在不断新生的／心肝……

这些抒写是诗人内心不安的躁动，其深刻的痛苦丝毫不逊色于外国现代派作家们对存在困境的揭示。

绿原在《诗与真》里写道：我曾是一个会思想的甲虫／诗领我去崇拜许多英雄／当真理用难题向我抽考／我轻快的翅膀忽然那么沉重。凸显出历史与现实、理想与追求的巨大矛盾张力。从空间走来／向时间走去／我死了／就让人类底歌／抬起我底棺椁（绿原《自诉》）。生命的沧桑横亘于历史的长空，浩瀚、渺茫中又拒绝绝望。

中国新诗派的评论家唐湜在论述中国新诗现代化的发展时，曾把中国新诗派与七月诗派相提并论，认为二者代表了中国新诗现代化的两个高高的浪峰。在他看来，以穆旦、杜运燮为代表的中国新诗派是一群自觉的现代主义者，以绿原为代表的七月派诗人是一群不自觉的现代主义者，不自觉地走向了诗的现代化的道路，由生活到诗，一种自然的升华。在唐湜看来，以绿原为代表的七月派诗人私淑的是鲁迅先生的尼采主义的精神风格，气质狂放、崇高、勇敢、孤傲，在生活里自觉地走向了战斗。[1]有学者指出："七月诗派具有现代主义特质的诗歌并不是本源意义上的，而是流变意义上的现代主义诗歌。七月诗人结合中国的国情对现代主义诗歌进行了改造，更多地融合了他们所处的时代的文化。"[2]这一论断是符合实情的。

---

[1] 唐湜．诗的新生代[J]．诗创造，1948（8）．
[2] 雷世文．七月诗派的现代主义特质[J]．盐城师范学院学报（人文社会

活跃于20世纪40年代的中国诗坛的以穆旦为代表的一个诗人群，曾被称为"现代诗群"或"新现代诗派"，在20世纪80年代开始被称为"九叶诗派"。他们的诗产生在战火纷飞的特殊时代里，在审美追求上显示了独特的品质。九叶诗派的诗人们的诗作在关注时代与人生、运用西方现代派的表现技巧以及表现知性与感性的融合上是共同的，显示出鲜明的整体风格。

九叶诗派的诗作不仅真实而深刻地反映了社会现实，而且也抒写了特定历史时代知识分子敏感而复杂的心态。在艺术上，他们主动借鉴西方现代派诗歌的表现技巧，同时融汇中国古典诗歌的一些表现手法，利用艺术和现实之间的平衡与和谐表现出较强的审美价值。他们常常借助对意象的变形处理来表现动荡时代的黑暗现实和知识分子的复杂心理，注重捕捉和描绘具体的感性的意象，用暗示或象征传达诗人抽象的思想和情绪。在风格上，或悲凉沉郁，或冷静含蓄，或细密严谨，或讽刺批判，或体悟哲理。总之，整体风格和整体基调是一致的。其中有对西方现代派创作技巧与现实主义表现内容相融合的追求，也有对艺术与人生一体化的现代诗歌意识的追求，还有对以复杂的意象开掘人的多维心理的追求。"追求知性和感性的融合，注重象征和联想，强调继承与创新、民族传统与外来影响的结合，最终建立一个现实、象征和玄学（指哲理、机智等知性因素）相综合的新传统。"[1] 总之，九叶诗派的诗人们在审美追求上，显示了他们渊博的中西文化知识、非凡的艺术素养以及作为一个中国诗人所应有的历史责任和时代良知。

科学版），2014（5）.

[1] 袁可嘉. 从浪漫诗到现代诗[J]. 世界文学，1989（5）.

在小说领域，钱钟书对人的生存困境的揭示，张爱玲对人性弱点和人伦关系的审视，增添了20世纪40年代文学的高度。

年轻的张爱玲如一颗闪耀的彗星横空出世，成为沦陷区最具代表性的现代主义作家。张爱玲远离现实中尖锐而又残酷的民族矛盾，在世俗男女婚恋的纠葛中，极写出人生的支离破碎。用华美绚丽的文辞来表现沪、港两地男女间千疮百孔的情感世界，是她最主要的文学切入点。张爱玲小说的女性解剖和都市发现，都相当具有现代性。在她的小说中，那些历来为人称道的深度心理描写显然是借鉴了弗洛伊德理论，再加上丰富的象征性意象以及通感手法的出色运用，最终使其超越新感觉派，成为实践现代主义的集大成者。她能在叙述中运用联想，使人物周围的色彩、音响、动势不约而同地富有照映心理的功用，充分感觉化，造成小说意象的丰富而深远（如"月亮"等意象）。她擅长运用参差的手法，以巨大的落差互照出人生的不如意。而对于现代主义来说，更重要的还不是艺术手法和技巧的借用，而是在其小说中弥漫开来的深入骨髓的悲凉情绪和虚无思想。她熟悉日益金钱化的都市旧式大家庭的丑陋，而且用最具张爱玲特色的语句做了概括："生命是一袭华美的袍，爬满了虱子。"[1]没落腐朽的贵族出身及父母不和的家庭阴影，使她自幼就感受到历史颓败的废墟之上爱的匮乏和意义的缺失，而动荡不安的战时环境又加剧了生死无常、悲观绝望的末世感："个人即使等得及，时代是仓促的，已经在破坏中，还有更大的破坏要来。有一天我们的文明，不论是升华还是浮华，都要成为过去。

---

1 张爱玲. 天才梦[M]//张爱玲文集：第4卷. 合肥：安徽文艺出版社，1992：18.

如果我常用的字是'荒凉',那是因为思想背景里有惘惘的威胁。"[1]《倾城之恋》中的男女主人公各自怀着自己的心思走进彼此的世界,一个想找一个终生的物质依靠,一个想娶具有东方美德的漂亮女人。历经钩心斗角、周旋试探,终于在战争的毁灭打击下成就了一场倾城之下的婚姻。显而易见,式微旧家出身又是离婚再嫁的白流苏绝非完璧,更谈不上贤淑,她并不是范柳原的理想人选。范柳原知道白流苏的心思,面对她工于心计的设计,作为情场老手的范柳原一直虚于应付。这本来是一场谈不上两情相悦的爱情,作者却冠以"倾城之恋",道尽了人生的酸涩和苍凉。张爱玲的笔下,没有一个人是完美的,没有一件事是如意的。可以说,张爱玲对人生的认识和对人性的挖掘,达到了相当的深度。代表作《金锁记》里主人公曹七巧因出身低贱却贪慕荣华,嫁给性无能的残疾丈夫,用自己的青春幸福,用受尽大家庭各房的欺辱,换取一面沉重的金枷:金钱压制了情爱,其结果是七巧对小叔姜季泽的畸形爱欲被泯灭之后,她成了一个疯狂报复的女人,别人毁坏了她的一生,她又乖戾地毁坏了自己儿女的幸福。可以说,《金锁记》是现代文学史上最为成功的心理分析小说之一。小说尽情叙写了曹七巧被极度压抑的性心理以及由此而生的怨毒、残酷和疯狂。通过这种对潜意识的发掘,生动展示了人性扭曲的可怕悲剧。

完成于战时而发表于战后的长篇小说《围城》,是钱钟书的一部力作,也是整个现代文学三十年历史中现代主义的尾声。小说以抗战为背景,写出了知识分子群体的人生百态。男主人公方鸿渐是个性情

---

[1] 张爱玲.《传奇》再版的话[M]//张爱玲散文全编.呼和浩特:内蒙古文化出版社,1995:149.

温和而冲动,头脑机敏却柔善,内心自负却懦弱的矛盾综合体。他的人生就是随波逐流,毫无执着和追求。他出身旧式家庭,父亲是一个遗老式的绅士。就是在这样的家庭环境里读书长成,自然沾上了旧式文人的色彩,一无所能却自命不凡。不负父望,他上了大学。大学期间,因为学不了实践性很强而辛苦的土木工程,于是转到社会学系,最后又转到中国文学系而勉强毕业。其间,青春萌动的他萌生自主恋爱的念头,大着胆子给父亲写信要求解除包办婚姻,最终被浇了一桶冷水,不幸那个只见过一面的可怜女孩染病身亡,在父亲的授意下,他假惺惺地给挂名的老丈人写了一封情真意切的信,结果感动了开银行的挂名丈人,用准备给女儿的嫁妆钱资助他走上了留洋之路。四年中换了三所大学,去了伦敦、巴黎、柏林;随便听了几门功课,兴趣颇广,但心得全无,除了夸夸其谈外,一无所有,花完了钱,该回国时才发现,留学却没拿到文凭。为了给父亲和挂名丈人一个交代,他用一半的价钱从一个在美国的爱尔兰骗子那里购买了一张克莱登大学的假博士文凭。他把骗子骗了!他觉得自己太聪明了,沾沾自喜,自鸣得意。回国途中,他在百无聊赖中与鲍小姐发生了一段短暂的恋情,一路同行的大学同学苏文纨一边鄙夷他没有品位,一边向他伸出爱的橄榄枝。苏小姐热烈大方,他却心有所属,可又在一个月夜经不起诱惑亲吻了苏小姐,荒唐的他急忙写信道歉。这一下惹翻了苏小姐,恼羞成怒的苏小姐把他的不堪告诉了他心仪的唐晓芙,直接导致了唐与他的决裂。祸不单行,情场失意的他同时也得罪了他挂名丈人一家,被扫地出门,失业的他不得不接受了三间大学的聘请。方鸿渐和曾经把他当作情敌的赵辛楣成了朋友，一起走上了去三闾大学的求职之路。三闾大学虽然地处湖南一个偏僻的乡下，但远非一方净土，这里有道貌岸然、老奸巨猾、口称维护教育尊严其实却是酒色之徒的市侩校长高松年；有外形木讷、内心狡诈的假洋博士韩学愈；有在政界失足落水、混迹学校的旧官僚汪处厚；有专事吹牛拍马、浅薄猥琐的势力小人陆子潇等。不如意事常八九，不愿用假文凭骗人的方鸿渐没能聘成教授，只能拿着低人一等的副教授的工资，他成了众人眼里的笑柄。半年后，他在三闾大学几十个知识分子的钩心斗角和相互倾轧中被排挤出来，他落聘了。与此同时，还没有在事业的挫折中清醒过来的方鸿渐又落入一个自己并没确认是否爱他的孙柔嘉精心设计的婚姻。婚后，方鸿渐忽然发现自己娶的好像是另外一个人，新家和旧家的矛盾激化了他们之间的冲突，再加上他们性格不同，的确很难相容，终于不离而散。

在方鸿渐的人生中，真与假、善与恶、好与坏完全颠覆了既有规范，一切都是矛盾的、颠倒的。爱情里，爱你的人你不一定爱他，你爱的人不一定爱你，绝不是一方情愿的有情人终成眷属，太多的是不期然而然。就像与孙柔嘉的婚姻，作为旁观者，我们知道方鸿渐其实是一个学术浅薄、能力有限的废物，可是他口若悬河、风趣幽默的谈吐让孙柔嘉把他当成宝贝，颇费心机地把他拉到了自己怀中。谈不上喜欢不喜欢，方鸿渐觉得自己应该像一个男人那样保护柔弱的孙柔嘉。可结婚后，讲究实际的孙柔嘉发现自己没能改变方鸿渐，方鸿渐也发现孙柔嘉不像以前那样柔弱，开始不满，接着吵架，以致最后不欢而散。诚实好吗？大概就像北岛诗中所说：卑鄙是卑鄙者的通行证，高尚是高尚者的墓志铭。处处是人性的悖论，到处是生活的围城。

《围城》深层的意蕴在于，这里没有一个英雄，所有的人物均是盲目的寻梦者，是为命运所玩弄的失败者。主人公方鸿渐的基本经历是不断渴求冲出"围城"，而每一次走出"围城"又等于落入另一座人生的"围城"。这个笼罩全书的象征性结构所要道出的，正是现代人对自己生命处境的哲理思考。《围城》的这个层面，是与西方现代主义文学中普遍存在的人类困境的感受与精神的孤独感相联系的，整个是一反讽。

小说运用繁复新奇的比喻和机智幽默的语言，通过深入细腻的心理刻画，对处于中西文化碰撞的夹缝中的知识分子无所归依的精神世界进行了尖刻辛辣的嘲讽。在喜剧性的外表下所蕴含的深刻的悲剧性，所塑造的"反英雄"的人物形象，所揭示的理想的虚妄、生存的荒诞和人性不可克服的局限，所透露出的悲观、虚无和绝望的情绪，都具有明显的现代主义气质。

第三章

鲁迅——中国现代主义文学的开山者

鲁迅是中国现代文学的开创者，也是中国现代主义文学的最早实践者。他的思想与创作，处处显示了现代主义的精神。

早在留日期间，鲁迅就广泛接触了现代思潮。在他早年的学术论著中，如《文化偏至论》《摩罗诗力说》《人的历史》《破恶声论》等，鲁迅表现出对安德烈夫、王尔德、尼采、爱伦·坡等西方现代主义作家、思想家的浓厚兴趣和热切尊崇。作为一个富有家国情怀的知识分子，他有感于国家民族的凋敝沉沦，忧思沉重，始终致力于国民性改造的文化思考。正是从西方现代文化思潮中，他找到了真正的人的本质，并把实现人的思想的现代化改造进而实现民族国家的现代化作为自己终生追求的目标。他以西方现代思想为依归，批判中国传统文化对人的精神桎梏以及由此造成的集体无意识，深切思考人的生存价值，"立意在反抗，指归在动作"，显示了忧愤的深广。

一、现代思想的精神契合

在鲁迅的作品中,我们可以发现对人的主体地位、对人的精神自由、对人的个体人格的艰苦、执着的追求,对这种追求的难以实现的焦灼、苦闷、寂寞与孤独,并在形而上的意义上,将这种种追求与情绪,与对人的生命的价值及整个人类命运的思索水乳交融。这正是优秀的现代派文学作品在思想文化深层内涵上的共有特色。

鲁迅出生在浙江绍兴一个没落的封建士大夫家庭,因祖父科场舞弊案被判"监斩侯"以及父亲久病求医,花费巨大,入不敷出,终于从小康坠入困顿。作为长子的鲁迅,小小年纪便不得不经常出入于当铺和药铺之间,看人脸色、遭人耻笑、忍受闲话成了家常便饭。鲁迅在《〈呐喊〉自序》中回顾当年情景,感慨良多,他说:"有谁从小康人家而坠入困顿的么,我以为在这途路中,大概可以看见世人的真面目。"人情淡薄,世态炎凉,少年鲁迅真切地体会到社会的冷酷和人性的阴暗:趋炎附势、冷漠自私、落井下石!受身世的影响,他不得不逃异地、走异路、寻找别样的人生。少年生活经历改变了鲁迅的性情,敏感多疑而又执拗坚毅,与此同时,也渐渐形成了鲁迅观察社会人生的独特视角。他不但观察人,也观察社会,在观察思考中形成他"不惮以最大的恶意猜度中国人"的独特思维方式。

在无止境地执着探索和深度思考中,荒漠般的现实就像无边的暗夜，让鲁迅感受到难以冲决的压迫，使他备感愤怒、绝望、孤独。独特的感知方式、情绪意向与思维向度使得鲁迅在哲学观念与价值观念上同西方现代主义文学同声相应，同气相求，而这种灵犀相通性又内在地规定着鲁迅的审美取向。因此，对西方文学，鲁迅总是较多地把艺术的焦点集聚在与自己内在气质相吻合的西方现代主义文学上。鲁迅虽然曾经关注并大量译介过俄国以及东欧、巴尔干地区弱小民族的文学，可是一旦进行创作时，他却又明显地倾向于借鉴欧洲大陆的现代主义艺术方法。而托尔斯泰、屠格涅夫、巴尔扎克等欧洲批判现实主义大师的作品，似乎从来没有对他产生如此强烈的吸引力。

鲁迅对19世纪以来的西方现代主义思潮几乎都有所涉猎，从梅特林克、安特列耶夫的象征主义到尼采的超人哲学，从弗洛伊德的精神分析学说、柏格森的生命哲学到克尔凯郭尔的存在主义哲学均撷入了自己的艺术创造系统。鲁迅把现代主义的思想和艺术方法化为自己文学创作的内在需求，创造出一批"表现的深切和格式的特别"[1]的作品。处在封建末世的大变革的历史关头，深受东西文化双重影响的鲁迅，其思想的复杂以及由此形成的人生观、价值观的复杂是很难简单概括的。在他身上，既有中国文化生生不息的家国观念，又有现代人道主义的悲悯情怀，同时还有身世际遇生发的生命体验，感性情绪与理性思考，传统精髓与历史糟粕，美好理想与残酷现实，几者相互纠结，形成了一个多向度的鲁迅。也正是如此，鲁迅的文学世界才繁复多义。由此，观察鲁迅的文学世界，就不能从单一的层面进行解

---

1 鲁迅. 鲁迅全集：第6卷[M]. 北京：人民文学出版社，1981：238.

读,而是要放在民族、社会与自我"三位一体"的生存困境的体验之中去理解。

二、人际关系的冷静揭示

表现的深切,体现了鲁迅对社会人生的观察和剖析,以及认知的深刻。从他的小说里,我们可以发现,他的"三位一体"的体验是互生互进的。一方面,自我生命体验促进了他对社会(具体说应该是与他者的关系)进而是民族困境的思考。在"从小康人家而坠入困顿"的"途路中""看见世人的真面目"。另一方面,从宏观的社会、国家认知又加剧了自我内心的悲凉。在沉默的、无声的中国,如置身无边的荒漠,感受到无边的孤独、恐惧和无望。"铁屋子"的意象概括的不仅是中国社会黑暗的现状,也是置身其中的民众的精神现状,同时也是鲁迅内心绝望的表征。

鲁迅的第一篇白话小说《狂人日记》出手不凡,石破天惊。这篇新文学的开山之作,无论是内容还是形式,都堪称是一部典型的现代主义尝试。在这篇"意在暴露家族制度和礼教的弊害"的作品中,鲁迅揭示了封建礼教吃人的本质。小说以狂人独特的心理活动的描写,写出了人与社会、人与人之间的紧张关系,吃人意念笼罩全篇,意识流动独特诡异。在这里,鲁迅思考的不仅是反封建的问题,而且是在更加宽广的角度,从多重视角思考了无所不在的礼教桎梏,由此关注了新文化历史使命的艰巨性与复杂性。

小说的深刻之处在于，"吃人"的命题不是一个单项结构，而是勾连纠结的复杂循环。在这个结构中，狂人"我"既是一个被吃者，也是一个吃人者。顺着狂人的视角和思路，我们可以发现吃与被吃的错综复杂的关系。首先是狂人发现了狼子村的人吃人，由此相当于赵贵翁为代表的路人的吃人。他们与"我"没有血缘亲属关系，要迫害"我"、吃"我"，这引起了"我"的大恐惧。接着，狂人又发现了大哥的阴谋，他与人合谋"吃"他。这一发现让狂人有了新的发现：大哥吃了妹子，而母亲可能因为"割股疗亲"的缘故，也吃过妹子的肉，她也是一个吃人的人，而自己也"未必无意之中，不吃了我妹子的几片肉"，于是"我"也是吃过人的人。在这一关系中，每个人都是吃人者，当然也可能成为被吃者。十年后，鲁迅对这一认识做了确证说法："我曾经说过，中国历来是排着吃人的筵宴，有吃的，有被吃的。被吃的也曾吃人，正吃的也会被吃。"[1]每一个置身中国社会的人都陷身在无所逃脱的吃人场域，吃、被吃，有意、无意。这一惊人的冷酷发现，打破了封建礼教温情脉脉的假面，也撕下了我们一向引为自豪的家庭社会伦理的华丽面纱。从文化层面看，封建礼教吃人的本质暴露无疑，它的巨大的精神控制力使人失去了思考与判断，在集体无意识的状态下自觉不自觉地滑行；从人际关系看，揭示出礼教桎梏下中国社会人与人之间的紧张对立，每个个体都是相对的他者，亲情只是人生大戏的面具，自私冷酷才是人际关系的本质；在个人角度看，社会险恶，人心叵测，没有理解、没有信任、没有同情，隔阂、冷漠中孤苦伶仃，

---

1 鲁迅. 答有恒先生[M]//鲁迅全集：第3卷. 北京：人民文学出版社，1981：454.

人人都是荒漠中的独狼或无助的羔羊。这一发现，直达现代西方哲学的核心。狂人的疯言疯语直接化用了尼采的语句。在谈到《狂人日记》的创作时鲁迅说："一八八三年顷，尼采（Fr.Nietzsche）也早借了苏鲁支（Zarathus-tra）的嘴，说过'你们已经走了从虫豸到人的路，在你们里面还有许多份是虫豸。你们做过猴子，到了现在，人还尤其猴子，无论比那一个猴子'的。"[1]《狂人日记》时期，尼采对鲁迅的影响可见一斑。

顺着这一思路，鲁迅进一步发现了人心隔膜和人性冷漠。

《药》中庸众与革命者的陌路隔绝，既写出了悲凉的心境，也充满了激愤。狱中的夏瑜没有消沉战斗的意志，即将被砍头的他还在向狱卒宣传革命，结果遭到了狱卒的一顿狠揍。这段故事不但没有引起人们的反思，反而成了他们茶余饭后嘲笑的谈资。华老栓关心的只是他的儿子，至于馒头蘸着谁的血与他无关。可怜流血牺牲的夏瑜，他为拯救那些浑浑噩噩、卑微地苟活着的人们大声地呼号、辛劳地奔走、甚至坐牢牺牲，却没能唤起他们一丝的理解，没能得到丝毫的响应。更具讽刺意味的是，夏瑜的鲜血还成了华小栓的药被吃掉。人血馒头成了"吃人"的意象。我们在作品里看到了这样的场面描写：人们争先恐后赶去"看"杀夏瑜，"很像久饿的人见了食物一般，眼里闪出一种攫取的光"。透过这嗜血的眼光，"吃人"的意象是显得那样惊心动魄：依然是集体无意识的浑浑噩噩，卑卑怯怯的冷漠之下隐藏的还是无谓的残忍（同样的眼光在阿Q被押往刑场的路上也看到过）。

---

[1] 鲁迅.《中国新文学大系》小说二集序[M]//鲁迅全集：第6卷.北京：人民文学出版社，1981：238—239.

吃与被吃者的角色转换为拯救与被拯救者的关系，吃与被吃的关系依然存在，只是变成了单项的对立：拯救者被杀，本来是治疗大众的文化之药，结果成了老栓家治疗儿子痨病的人血馒头，拯救者的意义发生了错乱，拯救者被被拯救者吃掉了。拯救者的一切努力不只失败于革命的对立面，更毁灭于他们为之牺牲的不幸的人们。在这样的关系里，革命者的牺牲变得毫无意义，革命本身也显得荒诞无比。在这里，感到悲凉的不应是夏瑜，而应是麻木的华老栓、花白胡子们。这些被拯救者永远不能理解夏瑜的苦心！两者之间的隔膜触目惊心，革命者注定就是人群中的异类：疯子。由此，被质疑、批判的对象是双重的：既是那些"吃人"的民众，更是"被吃"的启蒙者，乃至启蒙本身。

这一荒诞关系萦绕在鲁迅头脑中久久挥之不去，在《铸剑》《非攻》以及散文《复仇》中都有体现。这样的荒诞不仅消解了启蒙、革命、英雄，更是把批判的矛头指向普遍存在的"庸众"。从"庸众"的身上，鲁迅看到的是精神的荒漠和卑微人们的内心冷漠。

祥林嫂死在除夕之夜，没有得到人们的任何同情，反而惹得许多人厌烦。鲁四老爷就心里很不爽地骂道：

"不早不迟，偏偏要在这时候，——这就可见是一个谬种！"

就连和她一样身份的短工也没有好声口。

"怎么死的？"

"怎么死的？——还不是穷死的？"他淡然的回答，仍然没有抬头向我看，出去了。

这大概是祥林嫂的死所能掀起的最后的一点死水微澜。因为卑微的祥林嫂早已成为鲁镇人们消遣的对象了。祥林嫂的阿毛不幸被狼吃了，她到处向人倾诉自己的痛苦，人们如何反应呢？

"有些老女人没有在街头听到她的话，便特意寻来，要听她这一段悲惨的故事。直到她说到呜咽，她们也就一齐流下那停在眼角上的眼泪，叹息一番，满足的去了，一面还纷纷的评论着。"

热情的柳妈出主意让她捐门槛，还不忘取笑奚落一番。结果，听了柳妈的主意，祥林嫂花掉了一年的积蓄，换来的却是又一轮的嘲笑。

"但自从柳妈谈了天，似乎又即传扬开去，许多人都发生了新趣味，又来逗她说了。至于题目，那自然是换了一个新样，专在她额上的伤疤。"

祥林嫂的"不幸"并没有引起真正的理解与同情，却通过"看（听）"的行为，转化为可供消遣的"故事"：这些乡村老女人正是在"鉴赏"他人（祥林嫂）的痛苦过程中，"鉴赏"自己的表演（"流下那停在眼角上的眼泪"），并从中得到某种"满足"（自我崇高化），同时又在"叹息""评论"中,使自己的不幸与痛苦得到宣泄、转移以至遗忘。而在别人的痛苦、悲哀"咀嚼"殆尽,成为"渣滓"以后,就立即"厌烦和唾弃",施以"又冷又尖"的"笑":这类情感与行为方式表面上麻木、混沌,实际上是显示了一种人性的残忍。[1]

《明天》里的单四嫂子也是一个可怜的女人。"他自从前年守了寡,便须专靠着自己的一双手纺出棉纱来,养活他自己和他三岁的儿子。"儿子是她唯一的希望,是她的明天。然而,孤儿寡母、无依无靠的她却成了无聊老拱和蓝皮阿五的欺辱对象:意淫甚至调戏。儿子病了,蓝皮阿五假装帮忙,实则借机揩油。"他便伸开臂膊,从单四嫂子的乳房和孩子中间,直伸下去,抱去了孩子。单四嫂子便觉乳房上发了一条热,刹时间直热到脸上和耳根。"儿子不幸死去,古风淳朴的邻居们都来帮忙。"两条板凳和五件衣服作抵,替单四嫂子借了两块洋钱,给帮忙的人备饭","单四嫂子还有一副银耳环和一支裹金的银簪都交给了咸亨的掌柜,托他作一个保,半现半赊的买一具棺木"。儿子死了,家产也变卖了,单四嫂子一无所有了。她还有明天吗?没有人关心她的死活,鲁镇的生活依然照过。单四嫂子与周围环境至此形成了一种紧张关系。她存在着,如同没有存在,没有人关心同情,所谓古风的热情背后充斥的是轻蔑和冷漠,有趁火打劫的,有慷他人之慨的,有心怀不轨的。处处显示着冷漠和残忍。深刻的生命体验,揭示出人心的冷漠和人性的残忍,显示的正是鲁迅作品灵魂的深度。而对丑恶人性、荒诞人生等人生困境的揭示恰恰是现代主义文学的基本主题。

---

[1] 钱理群. 中国现代文学三十年[M]. 北京:北京大学出版社,1998:32.

三、人格分裂的深度挖掘

鲁迅对人生困境的探索不仅表现在人际关系的揭示上,他还深入人的灵魂深处,挖掘灵魂的内在冲突。

可怜的祥林嫂被封建礼教剥夺得苦不堪言,成为献在礼教祭坛上的牺牲品,但她浑然不知自己悲苦命运的根源,依然自觉不自觉地维护着一个个礼教信条。本来她与祥林的无爱婚姻痛苦不堪,但所谓守寡的她还是坚守她的忠贞。她逃到鲁镇似乎是反抗婆婆对她的安排,其实是内心里一女不嫁二夫的观念在作祟。当被婆婆抓回逼嫁时,她号哭,她寻死,其实还是在潜意识里要为那个不爱的祥林守贞。她是一个被封建礼教紧紧控制了的劳动女性,但礼教信条并不能磨灭她对自由和幸福的本能向往。来到鲁四老爷家,她不怕辛劳,居然胖了,因为她暂时摆脱了婆婆对她的压制。嫁给贺老六,朴实的男人给了她温厚的呵护和安全,她也胖了。此后,她心里的一家人就只有阿毛和贺老六。可是,祥林的阴影挥之不去,最终在对未来的向往和恐惧中结束了悲苦的一生。

祥林嫂的死无疑是对封建礼教的血泪控诉,但作者更为沉痛的是,祥林嫂的灵魂分裂。她是封建礼教的牺牲品,可她却又是封建礼教的自觉维护者。人生的悖论就是如此,矛盾的双方既对立又和谐地纠结在一起。内在本能的挣扎挡不住伦理教条构筑的环境和自我的篱笆,在行为上陷入可笑而又可悲的矛盾中。

《离婚》里的爱姑泼辣大胆，她的父亲也是一个粗犷的汉子，但是在慰老爷和七大人的威严压迫下，他们自以为强悍的内心瞬间瓦解。这场离婚案在爱姑的口中是这样的：

"我倒并不贪图回到那边去，八三哥！"爱姑愤愤地昂起头，说："我是赌气。你想，'小畜生'姘上了小寡妇，就不要我，事情有这么容易的？"

"我知道那是有缘故的。这也逃不出七大人的明鉴；知书识理的人什么都知道。他就是着了那滥婊子的迷，要赶我出去。我是三茶六礼定来的，花轿抬来的呵！那么容易吗？……"

至此，我们明白了爱姑的诉求：她不离婚，因为"三茶六礼定来的，花轿抬来的"合法地位赋予了她这样的权利。不用说，她的婚姻已经无可挽回。用今天的话说，夫妻感情早已破裂，"小畜生"也已另结新欢，本来已是恋无可恋。但爱姑不是为自己的幸福着想，而是仅仅维护封建礼教给她的权利。事实上，她是封建礼教孕育的怪胎。泼辣的她反叛了礼教要求的三从四德，对丈夫、对公婆，她都不是一个合格的媳妇，但她恰恰用礼教来维护自己的婚姻，不从礼教却维护礼教，本身就是一个矛盾。泼辣的她本应无所畏惧，可貌似强悍的她却被七大人的一个喷嚏吓坏了。

她这时才又知道七大人实在威严，先前都是自己的误解，所以太

放肆、太粗鲁了。她非常后悔,不由地自己说:

"我本来是专听七大人吩咐……"

河东狮瞬间变成了小绵羊。一个畸变的灵魂现出了原形。

《孤独者》的主人公魏连殳是一位接受了新式教育的知识分子,是一员反封建的猛将。他以激烈的姿态向现有秩序发出挑战,成为人们眼中的"异类"。相依为命的祖母的死给人们带来了整治他的机会,但这个"异类"却出乎众人意料,在祖母入殓时按照族长、亲戚和村人拟定的旧俗行礼如仪。可让人没想到的是,在葬礼上他没有掉一颗眼泪。但葬礼结束后,他却"流下泪来了,接着就失声,立刻又变成长嚎,像一匹受伤的狼,当深夜在旷野中嗥叫,惨伤里夹杂着愤怒和悲哀。这模样,是老例上所没有的,先前也未曾豫防到,大家都手足无措了"。

他的怪异确是"异类"。这次的表现,让我们看到,激烈反封建的新人物不是无父无母、无情无义的"畜生",他们也有真性情,他们也遵从正常的人间伦理。但习惯了从来如此的秩序的人们不愿有任何的改变,他们不能理解魏连殳们的离经叛道,处处隔离他、绞杀他。于是魏连殳失业了,他失去了在社会上生存的物质保障。在周围无处不在的敌意中,苦闷的他不得不在迷茫和生活所迫下向封建势力低下高傲的头颅,做了军阀杜师长的顾问。意志消沉的他变得玩世不恭。有了地位,有了金钱,高朋满座,他每天吃喝玩乐,歌舞笙箫,拼命糟践自己的生命,最终含恨死去。

魏连殳的生活际遇,表现了理想与现实的冲突,也是鲁迅对现实人生的自觉思考。作为一个直面人生的战士，鲁迅面对的正是魏连殳一般的严酷现实。他一再强调，革命是让人活的。倘若没有了生活，一切将失去附丽。在小说中"我"曾经就孩子的天性、孤独的命运和人活着的意义与魏连殳进行过三次"争论"，这些争论，显示的正是鲁迅内心的矛盾和困惑、抗争与妥协。《在酒楼上》《伤逝》等作品，表达的也是鲁迅关于生活与理想的追寻。

四、反抗绝望的心灵拷问

《野草》是从孤独个体的存在体验中升华出来的鲁迅哲学，是心灵的炼狱中熔铸的鲁迅诗作。《野草》不仅在表层上呈现出现代主义文学风貌，而且在深层精神内核上也传达出鲜明的现代感受。荒诞、虚无和孤独等精神感受在《野草》里得到全面而直接的体现。

在1934年10月9日致萧军的信里，鲁迅谈起《野草》的写作背景："我的那一本《野草》，技术并不算坏，但心情太颓唐了，因为那是我碰了许多钉子之后写出来的。"鲁迅作为孤独个体承受着异常巨大的社会压力，面对黑暗无边的生存现实，他时常陷入虚无与绝望之中，强调"惟'黑暗与虚无'乃是'实有'"，然而，他并没有停留于此，而是在与虚无与绝望的搏斗挣扎中实现自己的价值。

在《希望》一文里，鲁迅写出了内心的矛盾与不甘。

> 以前，我的心也曾充满过血腥的歌声：血和铁，火焰和毒，

恢复和报仇。而忽而这些都空虚了，但有时故意地填以没奈何的自欺的希望。希望，希望，用这希望的盾，抗拒那空虚中的暗夜的袭来，虽然盾后面也依然是空虚中的暗夜。然而就是如此，陆续地耗尽了我的青春。

这是对战斗激情的深情回忆，有骄傲，也有哀伤。空虚的暗夜令人恐慌，为了抵抗这恐慌，我还得在战斗中寻找希望。

我只得由我来肉搏这空虚中的暗夜了，纵使不到身外的青春，也总得自己来一掷我身中的迟暮。

因为，鲁迅要肩负起使命，即使周边是无比的黑暗，即使两军阵前只剩下一个战士，也要像地火一样，冲决高大冰谷的挤压，轻蔑地笑看对手：

"哈哈！你们是再也遇不着死火了！"我得意地笑着说，仿佛就愿这样似的。

《过客》中的"过客"既是鲁迅自己的写照，又是中国文化先驱者的整体象征，他不知从哪儿来，也不知到哪里去，只是跟着前面的呼唤不停地往前走，不管是坟墓还是野蔷薇、野百合，毅然向前，不停探索。

他要像枣树一样：

> 默默地铁似的直刺着奇怪而高的天空，使天空闪闪地鬼䀹眼；直刺着天空中圆满的月亮，使月亮窘得发白。……一意要制他的死命，不管他各式各样地䀹着许多蛊惑的眼睛。

五、艺术手段的丰富精湛

（一）无所不在的象征

象征主义作为鲁迅文学创作的一个基本的艺术特征，表现了鲁迅思想发展及个性气质所形成的美学趣味。

《狂人日记》里古久先生的陈年流水簿子象征了几千年的封建历史，而狼子村的意象则写出了整个人类的生存环境。人在礼教桎梏下早已异变为吃人的野兽，吃者也被吃。

《药》通篇运用象征，药表面上是华老栓为儿子买的人血馒头，实则显示了旧民主主义革命与普通民众的隔膜，几个英雄的鲜血治不了病入膏肓的死气沉沉的旧中国。人血馒头的深意还延续了"吃人"的命题，凸显了整个社会从统治阶层到普通民众身上普遍存在的既愚昧颟顸又冷漠嗜血的血腥现实。一条杂草丛生的小路，隔开的不仅是夏瑜和华小栓的坟墓，更是他们之间的心灵世界。这就难怪鲁迅要在小说的结尾凭空写出一只乌鸦尖叫着飞去，他不给人们留下任何的幻想。乌鸦在中国文化中一直被视为不祥之鸟，鲁迅用乌鸦的尖叫，直刺国人大团圆的心理，戳穿瞒和骗的文学造就的心灵幻象。他要的是直面人生、正视鲜血。也正是在这个意义上，安特莱夫式的阴冷背后，显示的是灵魂的深。鲁迅的小说，对心灵的开掘达到了前所未有的深度，他直接深入人的潜意识，揭出行为表象背后的内心隐秘。

《长明灯》的吉光屯，就是我们安居其中、不思进取的风水宝地，它也是我们整个中国的象征，如同《阿Q正传》里的未庄和土地庙，而疯子坚决要吹灭的据说自梁武帝时代以来未曾熄过的长明灯则象征了几千年的文化传统。

至于说《野草》，整个就是一个象征文本。《秋夜》里的枣树、夜空、小花、小青虫等各自都有自己的意义。地火、雪、过客、影子也是如此。

（二）深刻的心理描写

《狂人日记》里的狂人异于常人的思维在鲁迅笔下惟妙惟肖。小说的第三部分写"狂人"因思考、研究问题而睡不着觉时的大脑活动，灵敏而跳跃。赵贵翁及其他人那种"似乎怕我、似乎想害我"的眼光闪烁在他的眼前，围绕着这一核心意象，他回忆、追究周围人及家人为何以这种眼光来待他，对白天的事件进行回忆，然后又由白天的事件联想到前几天狼子村发生的吃人事件，通过丰富的联想，他发现了这些人的共同之处："吃人！"小说的第八部分描写梦中狂人与一个年轻人讨论"吃人的事"的场景，对"从来如此，便对么"提出质疑，进一步地表现出狂人的深层内心世界：一方面说明狂人因长期处于巨大的心理压力之下，其潜意识中充满了恐惧；另一方面也显示了他对习以为常的生存状态的反思和初步觉醒。

《白光》以实在的变态心理、幻觉为主要描写对象。陈士成作为封建时代知识分子的典型，对升官和发财都有许多幻想。作者主要写了这么一个故事：陈士成财迷心窍，16次科举落榜后，出现变态心理，产生幻觉，在家里和上山去追踪代表有地下金银的"白光"，终于摔进万流湖里成为一具浮尸。

阿Q被送往刑场的路上先是得意洋洋唱戏文，他想在看客尤其是女人心中留下英雄好汉的印象，尽管他不是英雄，这种心态到他明白真要赴死时一下变为恐惧，这时他从看客的眼中看到了贪婪和嗜血。这种描写，双向地表现出看与被看的不同心理，可谓一箭双雕。

（三）油滑的黑色幽默

悲剧在揭露之余，常常使用荒诞不经的情节，产生使读者感到好笑的艺术效果，谓之冷幽默或黑色幽默，是现代主义文学的常用手段。

《铸剑》写眉间尺为父报仇的故事，可以说是荒诞不经的典范。眉间尺的头颅坠地之后，还能把剑交给黑色人，在沸水的金鼎中，眉间尺的头颅"随波上下，跳舞百端，且发妙音，欢喜歌唱"，眉间尺的头与国王的头及眉间尺、黑色人与国王的头在金鼎中拼死搏斗的场景可谓神奇壮观、动人心魄，称得上是中国式魔幻现实主义的经典之笔。

《起死》写能通鬼神的庄子借助司命大天尊的神力使死去五百年的髑髅复活，情节可谓荒诞离奇，但复活后的髑髅所提出的现实问题却令达观的庄子狼狈不堪，从而揭示了其哲学观点在现实面前的软弱无力。

《白光》中那道神秘莫测的"白光"诱惑着落第的陈士成,致使他命丧万流湖,那块能索索动弹、会笑且能开口说话的下巴骨透出一股阴森恐怖的怪诞气息。

鲁迅善于从古代神话传说、民间故事中汲取营养,通过丰富的想象、依靠主观情感的巨大张力,跨越历史与现实的时空阻隔,将现实理性逻辑中根本不可能相融的事物融为一体,借古人的外表安放现代人的灵魂和思想,在荒诞不稽中达到一种嘲讽现实、超越现实的目的,正是这种荒诞使他超越一般的幽默、讽刺而步入现代主义的行列。

(四)梦境的折射

在《野草》中,鲁迅有多篇直接描写梦境,如《影的告别》《好的故事》《死火》《失掉的好地狱》《狗的驳诘》《墓碣文》《颓败线的颤动》《立论》《死后》等,开头大多以"我梦见"的形式直接入题,通过梦中情境表达了对社会人生的思考。

第四章

创造社作家的现代主义表现

创造社是现代文学史上的以浪漫主义为特色的文学社团，其成员大都是留日学生。早在民国时期，就有文学史学者指出其创作成分的复杂性："包含着浪漫主义、表现主义、未来主义的各种倾向。"[1] 郑伯奇在《中国新文学大系·小说三集导言》中也强调："创造社的浪漫主义从开始就接触'世纪末'的种种流派。"由于历史语境的局限，以往我们只是关注现实主义和浪漫主义，不太认同现代主义。直到改革开放以后，现代主义才得到客观的对待，因此，当代著名学者严家炎先生才进一步说："我既不赞成把初期郁达夫主要说成是现实主义作家，也不赞成把创造社仅仅说成浪漫主义流派。在我看来，不但初期郁达夫是个以浪漫主义为主同时也吸收了其他创作方法的作家，而且创造社前期还是一个浪漫主义兼有较多现代主义成分的小说流派。"

---

[1] 李一鸣. 中国新文学史讲话[M]. 上海：世界书局，1947：35.

他准确揭示了创造社作家的理论和实践渊源。客观地说，在20世纪20年代异军突起的创造社，本身就起源于日本，毋庸置疑，它的成员的创作深受当时日本文学的影响，不能不打上现代主义思潮的鲜明印记。

一、郭沫若小说的现代主义

留日期间的郭沫若，既陶醉于雪莱、拜伦、歌德、惠特曼等浪漫主义诗人的作品，也汲取了尼采、柏格森、弗洛伊德等为代表的现代哲学心理学思想，接纳了象征主义、表现主义、未来主义等现代主义思潮。

对郭沫若影响最大的莫过于德国的表现主义了。在《创造十年》中，郭沫若回顾说："表现派那种支离破碎的表现，在我们支离破碎的头脑里，的确得到了它的最适宜的培育基。妥勒尔的《转变》，凯若尔的《加勒市民》，是我最欣赏的作品。"

表现主义不满社会现状，追求自我意志，强调精神自由和再生，这与五四时代追求个性解放的时代精神相契合，必然在郭沫若思想中引起共鸣。在《自然与社会》一文中，他强调："近代的文艺在自然的桎梏中已经窒死了，20世纪是文艺再生的时代"，"德意志的新兴的艺术表现派哟，我都要你们的将来寄以无穷的希望"。

郭沫若深受柏格森的影响。他准确把握柏格森"生命哲学"中的的"绵延"理念，特别强调生命的运动性，并从中发现新事物的诞生。他在《论节奏》中说："我看柏格森的思想，很有些是从歌德脱胎来的。

凡为艺术家的人,我看最容易倾向到他那'生之哲学'方面去。"在他看来,运动中的每一刻都会有新东西的出现。在《印象与表现》《文艺之社会的使命》《西厢艺术上之批判与其作者之性格》等文章中,他特别推崇生命哲学特有的冲动,处处洋溢着生生不息的"创造"精神。也正是由于他认为柏格森生命哲学与歌德精神具有一致性,自然的,崇拜歌德的郭沫若也认为表现人的自由生命意志的文学应当是个性的文学。这种主张呼应了五四时代个性解放的要求,也彰显了诗人激情澎湃的个性特质。在他看来,艺术的生命恰恰就在于表现自我的生命,包括生命的本能。"把一个活生生的自我毫无隐讳的写进了自己的小说。"[1]可以说是郭沫若的艺术宣言,真实地书写自我生活乃至展示隐秘的自我心迹,以此宣告自我的独立与自由,宣示自我的个性。他直白地宣示:"我不要丢去了我的人性做个什么艺术家,我只要赤裸裸的做着一个人。"[2]

发表于1920年的小说《他》,是一个百字短篇。作品明显地受到当时欧洲表现主义的影响,可以说是一篇象征主义的习作。夜暮时分,诗人"他"上街"买柴",又一次遇见往Y处"耍"的同学N,窘迫的他回绝了N的邀约,默默回到自己的家中,"又默诵起他自家的诗来"。简短的一个片段,"他"的生活的困境和心中的郁结跃然而出。这里,"柴"象征了生活的物质条件。在"天色已晚"的时候才去"买柴",生活的困窘可见一斑。生活都难以为继,他哪有心情去"耍"?

---

[1] 魏建. 郭沫若——一个复杂的存在[M]. 济南:南海出版公司, 1993:459.
[2] 郭沫若. 郭沫若全集. 文学编:第9卷[M]. 北京:人民文学出版社, 1990:345.

但这不能抹杀诗人对美的向往。那"二八的月娥"则象征了"他"心中对美好生活的理想。"他"遇到"月娥"时的感叹和回到家中诵诗，两个活动一明一暗，交相辉映，曲折地表现了"他"对残酷现实的愤懑。这种表现手段，既是老老实实的生活实写，也是不动声色的愤怒控诉。"艺术家把种种的印象，经过一道灵魂的酝酿，自律的综合，再呈示出一个新的整个的世界来，这便是表现。"（《印象与表现》）换言之，作家艺术地表现出来的生活，无不体现着时代生活对作家灵魂的涤荡，深深打上精神的印记，显示着作家的无限感慨！生活的困窘、现实的残酷同爱与美的向往、追求之间的巨大落差，磋磨了"他"的精神。表现生活现实与诗意生存的矛盾造成的心灵创伤，正是现代主义作家钟意的主题。

郭沫若在其小说创作中也积极吸纳西方新兴的文学表现手法。从表现生命意识出发，他的作品十分注重心理描写，尤其重视男女主人公的性心理的微妙活动。这既是五四时代个性解放要求的表现，也与当时流行的弗洛伊德心理分析密不可分。郭沫若留日期间，日本文坛正在流行弗洛伊德，也正是在这里，郭沫若受到了弗洛伊德主义的深深影响。他在1923年写作的《批评与梦》一文中说："我们俗语所说的'日有所思，夜有所梦'，这句话把精神分析学派对于梦的解释原理说完了。……文章中插入梦境的手法，是文学家所惯用的。文学家所写的梦如是纯粹的纪实，那它的前尘、后影必能节节合拍。……文艺的创作譬如在做梦。梦时的境地是忘却肉体、离去物质的心的活动。"1925年，郭沫若还写了《〈西厢记〉艺术上的批判与其作者的性格》，更是运用弗洛伊德性心理学说阐释古代作品和人物，把《西厢记》看作"离必多"的产物。他还以此进一步解释屈原，认为在《离骚》等作品中也存在着一些色情的动机在里面。

对这些理论的接受，加上创造社重主观、崇神会的特质，直接影响了他的创作实践。他的许多小说着力于人物的心理尤其是潜意识，特别是性意识的展现，如《löbenicht 的塔》《残春》《未央》《喀尔美萝姑娘》《歧路》等。

《löbenicht 的塔》写哲学家康德因邻居家的一排杨树遮挡了视线而要砍去白杨树的故事。在郭沫若的笔下，康德是个睿智而又脾气古怪的绅士，但作者并不着重描写他的哲学工作，反而更多地叙述了他生活中的一些琐事，特别是婚恋逸事，强调了他"对女性的崇拜"，"年青时候并且也曾起过三次结婚的想头"，但窘迫的生活使他错过了一次次机会，以致"结婚的生涯在他要算是一种禁果"，"他现在老了，虽然不再想结婚，但他对于女性的崇拜是没有减杀"。尤其在三年以前，即他 60 岁的时候，散步时摔了一跤，恰被两位不相识的女性搀扶起来，"他非常感激她们。……他手里正拿着一朵蔷薇花，他拿来献给那两位女人之中的年青的一位。……得着哲人的蔷薇花的邻妇，至今还保存在她的首饰匣中——哲人窗外的白杨不敢再在哲人之前抬头了"。整个故事的叙写看似显现哲学家的古怪特质，但当我们看到整个事件的来龙去脉之后，暗潜在表象背后的人物心理油然而出。于是，庄严肃穆、高高在上的雕像成为一个具有七情六欲、有血有肉的活生生的人。就人性而言，大家都是一样的感性，这就是生命的激情。

在《残春》里，爱牟在见到 S 姑娘后做了一个梦，梦见自己正准备为 S 姑娘看病时，白羊带来了爱牟妻子杀死两个孩子的消息，爱牟赶紧跑回家中，疯狂的妻子大骂着爱牟的无赖，把血淋淋的短刀投向爱牟。当第二天爱牟回到家把昨夜的梦境告诉女人听时，"她笑着，说是我自己虚了心。她这个批评连我自己也不能否定"。这个梦做得很隐晦，根据小说情节我们可以得出两个结论：一是对朋友病情的挂念；二是对 S 姑娘一见之后的爱怜。这是爱牟被压抑的愿望的间接反应。如果用精神分析法来解释，就是爱牟内心深处潜意识的情欲流动，并转化成迷梦形式暴露出来。郭沫若自己曾解释说：《残春》的"着力点并不是注重在事实的进行，我是注重在心理的描写。我描写的是潜在意识的一种流动"，"主人公爱牟对于 S 姑娘是隐隐生了一种恋爱，但他是有妻子的人，他的爱情不能实现，所以他在无形无影之间把它按在潜意下去了"。在张扬个性解放的大旗下，自然人性或本能与人类道德律产生的冲突，不能掩饰或冲决最基本的社会规范，它要展示的不过是作为正常人的正常表现！爱牟的欲念被"无形无影"的东西压抑下去，这个东西正是人之为人的基本道德伦理，爱牟的梦正是奔放喧腾的情欲受阻的表现。

在《喀尔美萝姑娘》中，更是以书信的形式，做了一次忏悔。"我"虽是有妇之夫，但在遇到一个卖甜食的喀尔美萝（一种用糖熬制的甜食）姑娘后，便被她美丽的眼睛所吸引，一下子陷落对她的爱恋不能自拔。

在《叶罗提之墓》中，作者以细腻的笔触，写出了少年叶罗提与嫂嫂之间微妙的性爱关系。叶罗提 7 岁的时候，在后花园看见他新婚的堂嫂背着手站在竹林底下,"嫂嫂的手就像象牙的雕刻,嫂嫂的手掌就像粉红的玫瑰,嫂嫂的无名指上带着一个金色的顶针。……嫂嫂很有几分慵倦的样子"。他起了一个奇怪的念头:他很想去扣触他嫂嫂的手,但又不敢去扣它。他的心就好像被风吹着的竹尾一样,不断地在乳色的空中摇荡。"他为要亲近她的手,遇着上坡下坡,过溪过涧,便挨次地去牵引她们。牵到她的手上的时候,他要加紧地握着她,加紧地。他小小的拇指埋在她右手的柔软的掌中。"少年心中荡漾着莫名的激动、欣悦和幸福,他对堂嫂的感情明显就是性意味的爱恋,不但自觉而且颇为大胆。这种情感不断滋生,以致上中学的叶罗提在暑假回家的时候,从嫂嫂手中接抱她的儿子的时候,"他的手背总爱擦着她的手心"。孩子撒尿湿了叶罗提的衣服时,堂嫂用自己的手巾去替他擦拭,叶罗提"故意要表示谦逊,坚握着她的手和她争执"。"堂兄不在家,他到嫂嫂房里闲谈的时候,嫂嫂要叫他说书。……说到爱情浓密的地方,嫂嫂也不怪他。"至此,心中的爱恋已不是一己的隐秘,互动的情愫渐渐地萌生。堂嫂急切地倾诉了对叶罗提的心声:"我远远地听着你的脚步声音便晓得你来了,我的心子便要跳跃得不能忍耐。"十年后的春天,嫂嫂怀着第三次的孕身,她对叶罗提说:"我希望这回的小孩子能够象你呢。"情浓至此,叶罗提终于亲吻了嫂嫂的手,两人紧紧地拥在一起。在传统道德观中,这段情感无疑是不能言说的不伦之恋,作品娓娓道来,步步深入,把两性之间微妙的性心理、性意识表现得曲折而细致,真实而又生动地揭示了人物心灵深处最不能言表的隐秘。那双象牙般的素手及顶针是这份情感的切入点,同时也是一个富于象征性的暗喻，隐含着"执子之手，与子偕老"的千古情话，令整个故事氤氲着一股浓郁的伤怀气息。

二、郁达夫小说的现代主义表现

一直以来，学界对郁达夫的文学定位是浪漫抒情小说作家。在钱理群主编的《中国现代文学三十年》一书中是这样评价以郁达夫为代表的主观抒情派的：他们"主张再现自己的生活和心境，减弱对外部事件的描写，侧重于作家心境的大胆暴露，包括暴露个人私生活中灵与肉的冲突以及变态性心理，作为向一切旧道德旧礼教挑战的艺术手段"[1]。这一评价确实概括了郁达夫"自叙传"式小说的时代特征，倘若将郁达夫的创作渊源做一梳理，郁达夫小说的现代主义因素便呼之欲出。

留日期间，郁达夫勤奋读书，如饥似渴地接触了西方进步的思想文化，他回忆："欧洲的自由主义思想以及19世纪文化的结晶，自然主义中最坚实的作品，车载斗量地在那里被介绍。"[2] 自然主义的主要思想倾向是批判封建的伦理道德观念和庸俗旧习，要求作家如实描写新近人生、发展自我和表现个性。这些对郁达夫自我表现文学观的形成产生了重要影响，而自然主义"以精雕细刻的手法，描写现实生活中非本质现象和琐碎平凡的生活细节，常从人的本能上把人当作生物来描写，过分客观地描写人的动物本能，如性本能"等文学特征在郁

---
1 钱理群等. 中国现代文学三十年[M]. 北京：北京大学出版社，1998：56.
2 郁达夫. 战后敌我的文艺比较[N]. 星洲日报·晨星，1939-05-29.

达夫小说创作手法上的影响就更见清晰了。

首先，在郁达夫的小说里，处处流溢着浓郁的世纪末情绪和激烈的感伤情调。在于质夫、文朴、伊人身上，无不流淌着世纪末的血液，他们身处冰凉的社会，家国无着，立足无地，满怀愤懑，在恍惚、焦灼、幻灭相交织的精神痛苦中发出感伤主义的忧郁呻吟。郁达夫曾探讨过近代文学中的两大主潮——感伤主义和浪漫主义的发展由来，认为感伤主义是浪漫主义的一个支流，"总带有浓郁的悲哀、咏叹的声调、旧事的留恋与宿命的嗟怨"（郁达夫：《文学概说》）。他还说："把古今的艺术总体积加起来，从中间删去了感伤主义，那么所余的还有什么呢？"（郁达夫：《序孙泽〈出家〉》）在郁达夫看来，感伤主义不仅是古今艺术中的一个成分，更应是人类情感史的不可或缺的最本真的特征，因为它关注着我们生活的全部，更能展示外部世界与内部世界的紧张关系。郁达夫坚信"性欲与死，是人生两大根本问题"，认为"以这两者为材料的作品，其偏爱价值，比其他一般的作品更大"[1]。1913年到1922年郁达夫留日期间，正是"私小说"风靡日本文坛的时期。受卢梭《忏悔录》的影响，日本文坛从理论到实践，出现了大量自我暴露的作品。以作品《地狱之花》闻名的日本新浪漫派代表作家永井荷风毫不避忌地坦言："人类确实难免有动物的一面，要专把那些因祖先遗传和随境遇而生的种种情欲，毫无顾忌地栩栩如生地描写出来。"（永井荷风：《地狱之花·跋文》）这一表述无异于一个宣言，宣示着文学抒写可以挺进人们最私密的心理及行为领域。由此，卢梭式的

---

[1] 郁达夫. 郁达夫论文集：第五卷[M]. 杭州：浙江人民出版社，1985：162.

自我"忏悔"为人的自由解放找到了一个表达的窗口。这一路径其实也和传统文人气质的暧昧有着天然的契合。一方面，中国传统文化正襟危坐，强调"思无邪"；另一方面，中国文人的骨子里又无时不刻弥漫着红袖添香的美艳气息，正因此，中国文学中产生了不少掩掩映映地书写文士名妓、才子佳人的作品。郁达夫身上有着浓郁的中国传统文人的气质，既孤高又忧郁，在五四大时代激荡中又增强了大胆的反叛精神，卢梭式的书写方式，很自然地与之相契合。在他的小说里，那种赤裸裸的心理展示、性欲行为的大胆描写，正是卢梭《忏悔录》的翻版。郁达夫的小说总充满着灵与肉、人与兽、善与恶的强烈矛盾与冲突，其中的性描写渗透了丰富的社会内涵，既是对性自觉和人性力量的弘扬，反映了人的觉醒和抗争，同时也是对传统文化的叛逆和拓展，它为现代小说的发展开辟了新的表现途径，堪为榜样。

《沉沦》中的他以弱国子民的身份漂泊异乡，形影相吊，孤独敏感，性情日趋孤僻，他渴望关爱、渴望温暖，在周围满是高傲眼神的环境中一日三惊，压抑的内心最终郁结为生命底处的"原始的热能"，即青春期的性冲动。一方面，他不可自制地手淫、窥浴、偷听情话，甚至经不起诱惑而宿妓女；另一方面，道德理性又让他深深自责、惴惴不安、诚惶诚恐，灵肉分裂的双重夹击最终导致他精神崩溃，蹈海自尽。

《银灰色的死》中，Y君也是一个可怜的孤独者，妻子病亡，悲苦难抑，经常去酒馆买醉，后来，结识了一家酒馆主人的女儿：静儿。Y把静儿当成了可以倾诉的对象，甚至产生依赖，得知静儿要出嫁的消息，Y 的内心莫名烦躁，几经纠结，最后在颓废中醉死。"银灰色"无疑为小说定下了灰色的基调，小说中处处可见苍凉的景象，"灰色""朦胧的灯影""息息索索的黄叶""苍茫的夜色"等词语与主人公的心境一起，共同营造出冰冷、寂寥、萧索的氛围，给人一种凄凉、苍茫的感觉。需要注意的是，尽管有着丧妻之痛，但此时在 Y 的意识里，对妻子的怀念之情倒在其次，活在当下的 Y 直面的是无边的孤独和寂寞，酒家女儿恰恰满足了 Y 此时的需求，尽管他深知酒家"来者都是客"的经营之道，还是自作多情，冶艳女子的形象和脂粉气息，在他的幻想中久久不灭。

《南迁》中的主人公伊人高等学校毕业后，从 N 市迁到东京，即将成为帝国大学的学生，此时的他，颇有几分春风得意的劲头儿，用他自己的话来说，就是名誉、金钱都有了，"第三个条件就是女人了"。然而就是这"女人"，使他变得一无所有。在应租房子时，伊人遇见了房东 N 的养女，年轻妖冶的 M 太太，立即像喝了迷魂汤一样。M 略施小计，就俘虏了他，（哪有不俘虏的道理！）随后让他当冤大头，请她父女到箱根温泉胜地游玩了一通，途中还与他同眠共枕。回到东京时，伊人没料到，一个身体健壮、酒肉气十足的男人 W（当然是日本人）正在旅馆等待他们，见了这位老房客，M 显出一种久别后的欢喜；伊人更没想到，到了深夜，M 钻进 W 的房间，肆无忌惮地寻欢作乐，那熟悉的声音，使他饱受摧残和折磨。第二天一早，伊人如丧家之犬，狼狈地逃离了这家旅馆。伊人逃走之后，还吃了那妇人一顿骂，说他不像个男子汉。伊人怕再撞上她，只得远走高飞，到房洲海滨的一所教会疗养院,去治疗身心创伤去了。到了那里,又暗恋上了女学生O君,把她当作自己的天使,从心中发出呼唤:"O呀O,你是我的天使,你还该来救救我。"在伊人的感觉里,男女之间的关系十分暧昧,有漂亮女人的场合,同在的男性往往令人讨厌,不是说话难听,就是行为失当,而女性的诱惑不仅在于其曼妙身姿的吸引,常常也伴随着她们有意无意的勾引。青春期荷尔蒙旺盛地分泌,无论是贫穷潦倒,还是春风得意,对异性的追求无处不在。

《茫茫夜》则通过于质夫狂热地闻着向女人索讨的银针和旧手帕,来表现他的变态性欲。如此等等,小说对性进行了反复细致的描写,流露出认同和欣赏的趣味。显然心理分析的艺术表现形式十分契合郁达夫的气质性格。

郁达夫对近乎病态的两性关系及其复杂的心理感受细腻而夸张地、毫不掩饰地叙写,明显地受到西方人道主义特别是卢梭的影响,他把情欲作为人的合理欲求来表现,宣示着两性关系的正当性。这是时代激荡的产物。郁达夫借此不但大大宣泄了自己愤懑压抑的情绪,也直接挑战了虚伪的传统道德以及国人道貌岸然的矫饰习气。此类的小说,加上郁达夫的身世,及他在日本留学时形成的弱国子民的强烈情结,与"五四"退潮后青年一代普遍存在的精神失落和经济、婚恋苦闷相呼应,造成了当时的"郁达夫热"。正因为郁达夫敢于艺术化地袒露自己的生活隐秘和内心隐秘,所以他的小说堪称五四时期个性主义最坦率的艺术宣言。

此外,郁达夫小说浓郁的颓废情绪也是风靡欧洲的"世纪末"情绪的东方表达，与"回归自然"的理念以及俄国文学息息相关。其笔下的人物无不遭受现代都市社会的"情色"困扰，常常找不到自己的立身之地。屠格涅夫赋予了郁达夫一双理解社会现实的眼睛，却又助长了他自嘲自虐的柔弱意志。陀思妥耶夫斯基作品中那种严冬的风雪、盛夏的狂雷般的使人发疯的力度，对双重人格畸形心理的细腻解剖，透过人物病态灵魂和非理性的本能因素所表现出的丑得令人惊骇的美都使郁达夫理解、欣赏、倾羡。郁达夫曾说："我的开始读小说，开始想写小说，受的完全是这一位相貌柔和、眼睛有点忧郁，绕腮胡长得满满的北国巨人的影响。"[1]于是，愤懑的笔下勾勒出一个又一个的时代"零余人"。他们"袋中无钱"，心中多恨，在冷漠人世间感受着被遗弃的孤独寂寞。这一系列人物形象，展示了当时中国一部分小资产阶级知识分子他们既不满足现状又寻不到出路的郁闷与迷茫，揭示了残酷的现实，展示了当时时代的一个侧面，平添了一份浓重的社会意义。

当然，郁达夫无法从社会的角度为他的主人公找到出路。正如当时的许多人，郁达夫提出的方案不是社会革命，而是仓皇的逃离。他们逃离都市，来到偏僻的海边躲避心灵的喧嚣，希冀在田园美景中获得灵与欲的净化。发表于1932年的《迟桂花》在格调上就迥异于以前作品中徘徊于都市主人公所表现的变态人格，老郁受邀前来，被翁家山的美景所吸引，更被乡下女子的质朴纯洁所感动，由衷赞美了山中女子翁莲那纯洁、可爱、善良得宛如山中的迟桂花一般美丽的天性。

---

[1] 郁达夫. 屠格涅夫《罗亭》问世以前[J]. 文学，1（2）.

在老郁的心中，天然淳朴的翁莲无疑是出水芙蓉般的自然之子，完璧无瑕的纯美女神。由此，充斥着物欲和狡诈的的喧嚣都市与宁静自然的纯朴山野构成截然的对立，彰显了一条灵魂救赎的理想之路——回归自然，返璞归真。

三、创造社其他成员小说中的现代主义表现

创造社其他作家中，陶晶孙和叶灵凤的创作成绩比较突出。他们的创作同样受到日本文学的感染，表现出鲜明的现代都市特征，其表现手法（包括语言和写法）颇带有"新感觉"小说的特色。

小说集《木犀》（与郭沫若、郁达夫的合集）、《音乐会小曲》是陶晶孙20世纪20年代创作的主要收获，其中《木犀》和《音乐会小曲》是他最著名的小说，被选入《中国新文学大系·小说三集》。

《木犀》描写大学生素威在初秋时节闻到木犀花淡淡的花香，勾起了埋在心中的哀婉的恋情。他上初中时，遇到了一位美丽、温柔的女教师。他们由最初的彼此好感、亲近，逐渐产生了一种微妙而真挚的爱情。素威每次和先生亲昵的时候，总能感觉到在先生的房间里涌动着一股木犀花的香潮。年长素威10岁的女教师为这份与学生的不伦之恋既欣喜又负疚，在世俗的压力下，不堪重负，溘然长逝在一个圣诞节的前夜。小说以清新脱俗的文笔，曲折地反映了五四青年不顾世俗偏见，追求纯洁爱情的时代情绪。小说成功地运用象征手法，把木犀花香与感伤的爱情故事巧妙地融合在一起，用木犀花牵引全篇，勾

画出少年素威的心路历程,其中甜蜜与痛苦并存,得意与失意并行,坚守与无奈交织,羞怯又欢喜的心理都写得十分细腻和生动。

很明显,在这个哀婉的不伦之恋中还有着鲜明的"俄狄浦斯情结"。小说描写素威在遇到女教师之前,他正沉醉在小学校的栏杆、棕搁的景致中沉思"那儿假如母亲携着他的手儿登上去的时候,会是怎样的美好呢"的向往中,而描写他们在木犀的香潮中相爱时,作品写道:"……他不回答,只跳起抱着先生的颈项接吻。——同平时在家里和母亲的接吻——在素威的心里想来,觉得有些不同。"这种笔致不由地让人联想到,少年素威与年长老师之间爱恋,与其说是男女间的爱情,更像是少年对母爱的依偎,对亲情的期待,显然带着弗洛伊德所说的"恋母情结"(即"俄狄浦斯情结")。

在陶晶孙的小说中,主人公对逝去的爱情的追忆和感伤情绪相交织,在缠绵而又温馨的倾诉中,流溢着挥之不去的永失我爱的无尽哀伤。

《音乐会小曲》由"春""秋""冬"三章构成全篇,描写一个音乐青年的灰色的情爱心理。"春"描写了主人公在音乐会演奏期间,无意中瞥见观众席上一位容貌酷似其前女友的妙龄少女,因而勾起他对初恋的美好回忆。"秋"则描写他接受一位贵夫人的邀请参加音乐会,正巧碰到一位熟识的女音乐家,结果引起了匿名送票的贵夫人的嫉妒,他也因此陷入不知所措的迷茫。"冬"描写主人公发现跟他学琴的女学生另有所爱,内心十分怅惘,恍惚间像失恋般情绪低落。

这篇小说在形式上颇有特色,三个季节,三个片段,交织着音乐的旋律,使似乎不相关联的故事互相感应,形成一种迷离恍惚的氛围和情调，把小说诗化、意境化和音乐化了。这一结构形式，具有"新感觉派"小说的典型特征。杨义先生曾指出："新感觉派在小说形式上追求现实碎片的组合。"[1]这篇小说的结构正是三个生活片断的连缀和拼接。这种结构是一种情绪流的结构方式，似乎暗示了人物的精神状态，也呈现了感觉中的世界图景。

在语言形式上，陶晶孙也敏锐地汲取了"新感觉派"的营养，挥洒出活泼俏丽的篇章。他在《短篇三章·绝壁》中有一段描写：

飞沫，飞沫，飞沫的白，白，白，白；然后眼睛里是钻头在水晶里的感触。口中吸的空气，吐的水，青空的一细片，还有，还有是他，和她的白的衣裳。[2]

急促的节奏，变幻的旋律，主人公出水时紧张的神经和感受跃然纸端。这种文字表达的手段，陶晶孙不但能够熟练运用，而且非常明确地知道，这就是新感觉派常用的方式。陶晶孙在介绍"日本新感觉派"时引此文字加以说明："这不是完全新感觉派的文章之标本，不过略微接近，意思是跳在水中者，在水中张开眼时的感触，在水中吐出水沫，看见一片青天，同时看见跳入水中的女子的白色。"有意思的是，他直接引用了自己的作品，彰显了他与新感觉派的直接联系。在此情节之前的一段，同样具有鲜明的新感觉派色彩："他抱起女士。松树

---

[1] 杨义．杨义文存：第四卷[M]．北京：人民出版社，1998．
[2] 陶晶孙．日本新感觉派[M]．肖霞．浪漫主义：日本之桥与"五四"文学．济南：山东大学出版社，2003：354．

飞出来了，松树梢在青空飞过去……他跌了，绝壁一面有草地，草地斜面上他们在滚下去了。天空，草，松树，松树，草，天空，草，松树，青天，青天，青天，青 天，柔的草，青的天，松树梢；还有——是，他，和她的白的足。"这段文字描写了一对恋人拥抱着从绝壁一面的草坡上向大海滚去，作家以男主人公的视角和感觉来写这一个动态的过程，那种人翻滚时眼前所见事物的变动，以天、草、树的迅速变化，展现出他们迅速往下滚动的过程，而他们停止滚动仰卧草地，所见的先只是辽阔的青天，然后才注意到柔的草、青的天、松树梢，还有他们的足。这种细致的感受、独特的感觉，明显受到了日本新感觉派作品的影响。这对男女热烈拥抱跌倒而滚下山坡的描写，类似于电影镜头的推、拉、升、降，而这些特征可从后来的刘呐鸥、穆时英的创作中见到。可以说，陶晶孙是现代文学史上第一位有意识地运用新感觉派技巧创作的作家。

灵凤是创造社最具现代性特质的作家，他和其他创造社作家一样，直接接受日本文坛的影响，醉心于男女恋情的描写，着意表现诡异的性欲望、性心理，具有鲜明的新浪漫主义特征与"新感觉"特色。

早期作品《浴》描写了少女田露莎性意识的萌动和不可抑止的冲动。露莎在读过文学家表哥的一本描写"情窦初开的小姐对于性和爱的第一次的认识和经过"的小说后，少女之心不觉荡漾。"她这样心里突突的跳，脸上一阵热一阵红的，像自己的秘密会被旁人揭露了一般，她不时回过头去向四面的望，怕有人在窥探着她。她觉着自己飘飘荡荡的像在梦中，又像在火边，她觉着口中异常的焦渴。"少女内心的波动激荡，既新鲜刺激，难以自抑，又担心被人发现，慌乱无措。作家笔下，露莎此时的心理活动惟妙惟肖。由此，青涩少女的掩蔽的性意识开始觉醒躁动，"树上那两只麻雀逗弄的情形，更使得她心里痒痒的觉得自己需要一种拥抱……她忍不住将他的信向着自己的唇上吻去"。怀着热切的对爱的向往，露莎把表哥秋帆当成性幻想的对象。"尤其是在今天，在这样艳晴的午后，在看了那样的一册书后，又接了秋帆那样有风致的信，她的心中确是有许多要求在潜动了。"她在自己洗浴的时候，第一次认真审视起自己光滑如丝、洁白如玉的胴体。"只有一刻，露莎对着镜中自己的裸体凝视了一刻，就又一笑着将衣服裹起。她回头向后面望了一望，她又怕自己这样的举动有人在窥探。"

在这里，生动细腻的心理描写真实而又生动地表现了少女性意识萌动的新奇、悸动与紧张，抒写出初涉人事的微妙体验在少女心中的愉悦与羞涩、期待与慌乱。而且，出色的心理活动与精细的叙述描写还显示出"身体写作"的特征，出浴的"女体"在此被赋予丰富的内涵：一方面出水芙蓉般的女体，冰清玉洁，美艳动人，是美的象征；另一方面，美艳的少女裸体，也是激发情欲的本源，是性欲的体现，对裸体的欣赏充溢着对性爱的期待，"浴"即是欲。总之，《浴》的细腻生动的心理刻画有着鲜明的精神分析色彩。

其后的小说《鸠绿媚》更是古今杂糅，亦真亦幻。主人公是一个青年作家，得到朋友从法国带回的礼物——陶瓷骷髅。他被其中凄美的爱情故事所迷醉：波斯王国的公主鸠绿媚，高贵而美丽，被人们称为"波斯月亮"。她与青年教师白灵斯相恋，国王却把她嫁给一个亲王，忠于爱情的她无法拒绝国王的安排，最终在婚礼前夕自杀殉情。白灵斯悲伤不已，最终买通守墓人，偷走了鸠绿媚的遗体，日夜相伴，事之如生。春野为这凄美的故事所感动，对这个磁制骷髅喜爱有加，每夜枕之而眠，结果发生了怪异的事情。他夜夜梦见鸠绿媚，重演这个香艳绝伦的故事：他白天是春野，入夜就变成了白灵斯，终日浸在悲剧的沉哀中。小说以神秘怪诞的不可捉摸的梦的形式，写人间青春之情，古今错综，真幻交织，使人有扑朔迷离之感。

梦与性是叶灵凤小说的常用表达方式，这既是中国传统认知"日有所思，夜有所梦"的自然体现，也是弗洛伊德精神分析的重要内涵。叶灵凤常常通过这种方式，将人的不可灭绝的欲望生动地表现出来。

在《摩伽的试探》中，摩伽远离尘嚣，终日在山洞里静坐修养，历经七年的苦修，道心渐渐坚定。气候的变迁，景物的改易，虽能些微引动他一点儿的尘念，但是只要自己一着力，什么都消灭了。但"在一切足以摇动他道心的浮念中，最使他感到不敌的是有时自内勃发的人类的本性了"。有一天傍晚，在溟溟蒙蒙的秋寒中，摩伽意乱情迷，陷入幻思中，不知从哪里吹来了一阵袭人的香气，嗅到了鼻中痒痒的，使人把握不定，因此又惹起了一些杂念。夜里，留宿的静姑一声"师父，请慈悲一下，将我抱进去罢"，摩伽七年建筑成的功程都坍毁了，七年枯死的情苗都复活了。但一阵夜风将灯焰摇撼，摩伽突然觉得此本空虚，静姑的肉体顿灭。在这个故事中，作者通过摩伽七年的自我挣扎的心理活动，彻底消解了摩伽所谓道心。七年修行，一夕破功，宣示了人的自然本性。

叶灵凤的代表作《女娲氏遗孽》，通篇以主人公蕙的第一人称为口吻，采用札记的形式写一个婚外情的悲剧。女主人公与丈夫的婚姻生活平淡无趣，没有丝毫的幸福，后来，她爱上了暂住在她家的青年莓箴，和他保持了三年的恋情并发生了性关系。莓箴因为学业离开了蕙，而他们的婚外情也不幸被人发觉，蕙因此受到丈夫的冷遇和他人的冷嘲热讽，为维护莓箴不受伤害，蕙独自承担了一切压力，饱受精神上的折磨。作品不仅通过内心独白的方式来表现蕙的心理活动，还通过内心潜意识视角，向读者展现了蕙在私情被发现时内心的矛盾运动过程，笔致沉痛而缠绵。小说突出地塑造了一个无所畏惧、热切追求真正爱情的勇敢女性形象。综合叶灵凤的其他作品，与其说作者通过这一故事歌颂了可歌可泣的爱情、张扬了五四个性解放的精神，不如说它细腻地展示了世俗男女欲海情天的悲情挣扎。

第五章

老舍小说的现代主义内涵

20世纪的中国文坛上，老舍无疑是最重要的作家之一，他的创作为他赢得了"现实主义大师"的美誉。然而，纵观他的整个创作，无论在写作动机还是创作实践上，处处显示了现代主义的踪迹。这当然和老舍的创作历程有着直接的关系。一方面，老舍沐浴着五四新文化的光辉，五四时期纷至沓来的各种西方文学思潮、社会思潮不能不影响他的文学观念；另一方面，英伦三年，老舍直接接触老牌资本主义世界，真切感受现代生活的同时大量阅读西方文学作品，汲取了营养。老舍在《我的创作经验》中回顾道："二十七岁，我到英国去。设若我始终在国内，我不会成了个小说家——虽然是第一百二十等的小说家。到了英国，我就拼命的念小说，拿他作为学习英文的课本。念了一些，我的手痒痒了。"[1]在《写与读》里，老舍更具体地说："一九二八

---

[1] 老舍. 我的创作经验[M]// 老舍文集：15卷. 北京：人民文学出版社，1990：291.

年至二九年，我开始读近代的英法小说。我的方法是：由书里和友人的口中，我打听到近三十年来的第一流作家，和每一作家的代表作品。……英国的威尔斯、康拉德、美瑞地茨和法国的福禄贝尔与莫泊桑，都拿去了我很多的时间。"[1] 正是在这大量的阅读中，老舍不仅领略了现实主义、浪漫主义的风采，同时也体味了现代主义的神韵。他感受着西方社会的环境和文化氛围，并把它与中国社会的现实相比较，西方现代主义彷徨、虚无的精神内涵不能不让他产生复杂的内心共鸣。可以说，老舍踏上文坛的第一步，就满带着现代主义的色彩。老舍不但吸收了现代主义的冷峻思考，亦对非理性下存在的荒诞性和虚无性感同身受，同时还在现代主义文学内倾转向的影响下对象征、意识流等艺术手法进行了多次实践。

一、老舍与西方现代派文学

老舍与现代派文学的直接联系表现在两个方面：一是作家作品；二是文艺理论。

首先看作家作品。老舍在英国讲学时，为了学好英文，他将阅读小说当作学习的手段。他特别欣赏两位著名的英国小说家狄更斯和康拉德。某种意义上，这两位作家可以说是老舍小说创作的启蒙者和领路人。从他们身上，老舍直接汲取了许多有益的经验。

老舍在《谈读书》一文中曾说："我年轻的时候，我极喜读英国

---

[1] 老舍. 写与读[M]// 老舍文集：15卷. 北京：人民文学出版社，1990：545.

大小说家狄更斯的作品,爱不释手。我初习写作,也有些效仿他。"[1]这一模仿,就是他最初的三部长篇《二马》《老张的哲学》和《赵子曰》。这些作品皆取材于市井社会,书写生活中司空见惯的人和事。其后的许多作品,也大都将关注的目光放在了北京的下层社会民众的命运遭际上,塑造了诸如小职员、人力车夫、小巡警、妓女等人物形象。他把人物放在北京这个千年古都的特定文化背景下,细腻地展示了小人物的生活品位、心理轨迹、命运悲剧。这种平民化的叙事视角及悲悯态度,既契合了五四新文化的主题,也体现了现代精神。在老舍看来:"写小说应先选取简单平凡的故事题材,故事的惊奇是一种弦弄,往往使人专注于故事本身的刺激性,而忽略了故事与人生的关系。假若我们能在一件平凡的故事中看出他特有的意义,则必具有很大的感动力。"[2]可以说,正是在小人物的平凡生活中,老舍一方面挖掘了国民身上沉重的历史重负,呼应了五四国民性改造的重大时代话题,另一方面也在更高的哲学层面上关注人的生存困境,揭示出人性的弱点给人带来的灾难,在追求与破灭中思考着人与城的对立关系,处处表现着虚无与荒诞这一现代主义主题。老舍的小说着力描绘个体被抛入荒诞世界后所感受到的烦闷、细琐、孤独和痛苦,这源自对无望、空虚的存在状态下的无意义的思考。即使在其刻意强化的幽默格调中也不能掩饰深藏其间的悲哀,似乎轻松的讥笑中满含着苦涩,因为他的幽默是以现代主义的荒诞和虚妄为其内蕴的。

---

1 老舍. 谈读书[M]//老舍文集:15卷. 北京:人民文学出版社,1990:140.
2 老舍. 怎样写小说[M]//老舍文集:15卷. 北京:人民文学出版社,1990:498.

现代主义作家康拉德是老舍十分推崇的作家，他的小说有着鲜明的现代主义特征。他强调把小说艺术从传统的历时性情节叙述中解放出来，注重表现人的内心世界，凸显意识的内在流动，关注小说自身的复杂形式和现实生活中的虚无无序的感觉。对此，老舍非常欣赏，在1935年《文学时代》创刊号上发表了《一个近代最伟大的境界与人格的创造者——我最爱的作家——康拉德》的文章，由衷地表达了对康拉德的喜爱并说明了自己所受的影响。他认为，康拉德小说的"材料都在他的经验中，但是从他的作品的结构中可以窥见：他是把材料翻过来掉过去的布置排列，一切都在他的心中，而一切都需要整理染制，命名它们成为艺术的形式"，老舍觉得这种方法"加重了故事的曲折"，能给小说增添"一些神秘的色彩"[1]。老舍强调，《二马》的创作受到康拉德的影响。"他的结构方法迷惑住了我，我也想试用他的方法""我把故事的尾巴摆在第一页，而后倒退着叙说"。正是康拉得使老舍"明白了怎样先看到最后的一页，而后再动笔写最前的一页"，使他"对故事的全体能准确的把握住"，对小说创作有了现代意义上的整体观照意识，丰富了他"故事的制造"手段。当然，康拉德小说景物描写的抒情性特征、现实与梦幻交织的间离手法，象征手法的广泛使用，对老舍同样产生了广泛而深刻的影响。

---

[1] 老舍. 一个近代最伟大的境界与人格的创造者——我最爱的作家——康拉得[M]// 老舍文集：15卷. 北京：人民文学出版社，1990：301.

二、老舍小说中现代艺术技巧的表现

首先，老舍的小说叙事模式呈现出鲜明的现代品质。受康拉德的影响，老舍在叙事方式上颇下功夫，在不少作品中对叙事者和叙事视角进行了实验性的尝试。

全知叙述和限知叙述是传统叙事与现代叙事模式上的重要区别。由于对内心真实的关注，现代主义文学突破了传统的现实主义叙事手法，这也给老舍以很大的启示。老舍的大多小说自觉地采用多样化的叙事视角，避开了古典小说中叙述者的全能全知视角。他的许多作品采用了包括第一人称和第三人称的限知叙事，在作品中力图将作者的态度隐匿起来，追求叙事效果的客观化。即使为了叙事的便利采用全知叙事，他也是通过不断的视角转换使叙事尽量显得客观。在他的大量短篇小说如《月牙儿》《开市大吉》《丁》《微神》《阳光》中，老舍使用了第一人称有限视角通过人物内心所感所想来推动情节发展，而这恰恰是现代主义作品常用的叙事手法。

此外，基于对生活真实性的认知，现代小说常常将叙事由时间性转变为空间性，故事结构复杂摇曳。为了追求故事的新奇性，故事的起点可以从人物在某一时刻的经历所给人留下的强烈印象开始，在叙述时打破时空顺序，在忽前忽后、交叉穿插的描述中使人物形象和整个故事渐趋完整。老舍许多小说应用了印象主义的技巧来展示人物和事件，叙事并不简单按照传统的历时的顺叙方式，而是既有倒叙，如《二马》《月牙儿》《柳屯的》等，又有交错叙述，如《微神》《丁》《"火"车》等。叙事结构上，老舍的许多小说采用情调式结构，以情绪心理在时空交错中的发展变化来安排故事情节，从而形成一种心理结构，《猫城记》《微神》《阳光》等都是这类小说的代表。

《微神》中，老舍以第一人称展开故事，一句"她，在我的心中，还是十七岁时的样子"，把叙事主人公的心理时间停滞在一个特定的时空，女主人公留驻在"我"心中的美好印象和情感好像一如既往，为后文展现"我"对无法达成的永恒"诗意"的遗憾设下伏笔，从而与对缺乏色彩的现实世界中诗意的难寻导致空虚的主题展现联系起来。最具典型性的还有《"火"车》这部小说，叙事被限制在了回乡的熙攘火车上，在这个半封闭的环境中，众人对辞岁、祭神、拜祖、春联等有关新年的意象联想，展现出他们回乡的急迫和在密闭空间中人物的心理变化，烦躁、混乱的心理波动也越发明显。《柳屯的》利用对小说叙事开端时间的五年前、四年前和一年前发生之事的三段倒叙将时间段分割开来，读者的关注点被叙述者引领并定格在夏家所生活的村庄这个空间中。

其次，意识流——对人物心理的深度开掘。

丰富、细腻的心理活动描写，是老舍小说创作中的一个突出亮点。老舍在20世纪30年代的短篇《丁》《微神》，就是纯粹的心理之作，很能体现意识流小说的特点。

《丁》描写了一个在青岛避暑的小公务员丁，整篇小说都是丁的心理活动的自由流淌。他躺在海边的沙滩上，思绪在不断地飘荡。阳光下，他觉得要买黑眼镜，眼睛发干，他想到："海水里有盐，多喝两口海水，吃饭时可以不用吃咸菜；不行，喝了海水会疯的，据说：喝满了肚，啊，报上——什么地方都有《民报》；是不是一个公司的？——不是登着，二十二岁的少年淹死；喝满了肚皮，危险，海绿色的死！"丁的思绪无拘无束，随思绪或目光的无目的、无意识的流动而跳转，彼此之间没有必然的逻辑。他一会儿从看到女孩想到了社会进步，一会儿从同来海边的同事孙的生活想到了自己的生活，从学生时代艰难练习跑万米想到现在生活花红酒绿，有知足，也有不知足。通过丁光怪陆离的自由联想和心理独白，作者写出了一个百无聊赖的、既满足于现状又意志消沉的青年形象的生活状态，他正是不知生命为何的现代文明病患者的一个缩影。《丁》是一篇"不叫什么结构章法管束着"[1]的作品，它通过小职员丁的视听感觉、自由联想、潜意识的流动、内心独白，与时而泛起的理性自制力、道德约束、性禁忌的交叉浮现，活脱脱地由流动的意识、放大了的时间来捕捉人物的内心活动，以人物零星片断的生活内容对其意识与心理特征做出整体把握。小说以大量短句，跳跃着游离于人物的意识与下意识之间，传统小说结构的时空逻辑让位于心理意识的逻辑，是一部有意探索意识流写法的实验性作品。对中国现代短篇小说的结构、时空、心理描写的自由度突破写实框架的"整齐""一致"来说，是一次有益的尝试，它也是老舍作品中实践现代派技法做得最完整的一篇。

---

1 老舍. 文学概论讲义[M]//老舍文集：15卷. 北京：人民文学出版社，1990：104.

充满控诉意味的爱情悲剧《微神》借助自然景物与艳丽色彩之间的意象流动，呈现出现实与梦幻交错叙写的意识流艺术的特色写法。作品用心理独白式的叙写方式，讲述了一段悲凉的初恋爱情故事。小说开篇即是大段的景物描写，而"我"则完全融入和风暖阳绿树红花鸟鸣之中。一个美丽的世界，阳光之下隐藏着层层的黑暗。这一切，衬托的恰是主人公暗淡阴郁的苦闷性情。事实上，在这看似美丽美景的艳阳下，隐藏了一段令人战栗的悲情故事。作者借此将读者引入了一个色彩斑斓的、梦幻般的世界，现实与回忆密不可分地交织在一起，似是写着当下，又似回想当年，男女主人公初恋的火花就是在这春日明艳、海棠盛开的季节。而今，"我"面对女友因堕胎而死的不幸事实，回想几年来人事的变迁，已然物是人非，虽然心中依然执着地坚守着十七岁时的爱，可心中的梦早已被沧桑的岁月蹂躏得支离破碎。小说没有直接描写"我"心中痛楚，而是采用梦幻手法，将"我"心中现实的痛苦与朦胧的思绪相融合，呈现出悲痛意识的流转化形式。在这里，与其说把这梦幻看作魂牵梦萦的思念的幻化，不如看作挥之不去的悲凉的心理独白，在"我"的心里，爱的永恒化作了无穷无尽的美好思念和刻骨铭心的永失我爱的伤痛。唯其如此，冰冷如铁的现实与千回百转的柔情的冲突才如此地难以调解，悲凉的旋律久久回荡在明媚纯阳的斑驳的天空。这种独特的艺术处理呈现出鲜明的现代特征，彰显了老舍小说与现代主义相融合的特色。

在老舍的其他作品里，同样表现出向心灵深处着力开掘的向度。如《骆驼祥子》中祥子在一次次的买车丢车的打击下内心的变化，《离婚》

中老李对马少奶奶的诗意想象,《二马》中老马对温都太太的热切追求,等等,处处展示着荒诞与虚妄,流溢着生活的酸涩的凄凉。

通过对心理活动精准而细腻的刻画与描摹,把笔触深入人的生命本能和潜意识,从而揭示生活的本质,使老舍突破了为实验而技法的限制,使故事不再作为一种外在世界的再现,更多地贴合了现代主义"向内转"的原则。这种对于人物内心表现的深刻认识对于老舍小说创作的生动性无疑有着非常重要的作用。

再次,无所不在的象征。

老舍在小说创作中,通过对西方小说学习,吸收了不少现代主义的写作技巧,特别是象征主义、印象主义手法,糅合中国传统文学的技巧,丰富并扩大了文学表现的内涵。

《月牙儿》中始终贯穿着月牙儿的意象。它是主人公命运变迁的见证,也是人生残缺的无情隐喻。在小说中,这一意象出现了十多次,它凄清、冷静、迷茫、晦涩,仿佛昭示着主人公的命运,每次出现,主人公的生活都更走向沉沦。因而,"月牙儿"构成了主人公晦涩的心象,成为她吐露心情的对象,也是见证她悲惨命运的冷峻的旁观者。月的阴晴圆缺,象征着主人公凄惨命运的不圆满,也为小说增添了无限悲凉和悲愤的气氛。

《微神》中的景物描写和"小绿拖鞋"同样具有象征意义。老舍将景物描写与人物的主观意绪精密结合,糅合成一个整体,景语即情语。这种情景交融的描写一方面体现了中国传统小说的审美追求,另一方面也契合了西方现代派印象主义的技巧实践。小说开头用了相当的篇幅对山坡上的景色做了不厌其烦的描写，树木花草，林林总总，颜色繁复，色彩斑斓，就像是一幅幅绚丽的风景画。但老舍笔下的景物描写绝不是单纯的景物呈现，其中始终活动着一个重要的角色——人，他的景物，是主人公眼中的景物，换句话说，是主人公心中的景物，是主人公内心世界直接、间接地外射。在这段描写中，色彩的纷杂，静态中的骚动，迷离的不确定，隐秘地映射了主人公当时烦乱的心情。

"小绿拖鞋"的意象可以有双重意蕴，一者象征了主人公的爱情。爱屋及乌，因人及物。"小绿拖鞋"是主人公心仪的女性的日常穿着之物，可以勾起无限的美好回忆，由"小绿拖鞋"，他们的心碰到一起了，以至多年后主人公回想起当初的情景依然激动不已，这是怎样的刻骨铭心啊！多少年来，"小绿拖鞋"伴随着主人公走过了那么多的艰难困窘，始终魂牵梦萦。同时，"小绿拖鞋"还是性意识觉醒的表征。那年，他们十七岁，情窦初开，春情萌动，正是从穿着小绿拖鞋的纤脚到泛红的耳根儿到红艳的面庞再到白润的脖儿，无不洋溢着女孩子蓬勃而又娇艳的美。它彻底在"我"的心中扎下了根。

《骆驼祥子》中广泛运用了象征手法。烈日和暴雨的描写即是老舍象征手法经典性的一例。这样的物象象征了祥子正在遭受着内外夹击的煎熬。风刀霜剑严相逼。买车丢车成了他的心狱，婚姻理想也造成了他的幻灭，一切的不如意，一切的徒劳挣扎，逃不出去。老舍借自然界的风暴隐喻着祥子所遭受的外在压迫和内在焦灼。祥子是个车夫，车是祥子的一切希望和努力的源泉，他爱拉车这一行业，是因为在他看来，车里有他的嚼食，有他的婚姻，有他兴旺发达的希望，是他整个人生的寄托。祥子的希望破灭了，他不时地往下坠，连最基本的尊严都散落一地，落魄的他看到的那只羸弱的流浪瘦狗就是他最终命运的象征。可以说，车是《骆驼祥子》中的最大的象征。通过这一意象，小说实现了对人物心理世界的深度分析，让读者看到了锁住人们的最严酷的心狱。象征手法的娴熟运用，极大地深化了老舍小说的主题，丰富了老舍小说的艺术感染力。

三、对人的生存的深度思考

老舍的创作的意义还在于对人的生存状况的深度思考。他对人的生存困境的现代性思考在其小说中并不表现为对自由解放的正面追求，而总是以病态社会里人的病态遭际来反向表达对人的合理价值实现的向往。他也不是站在阶级对立角度表现社会矛盾，而是从人的物质存在与精神存在的双重维度观察人的心理世界。可以说他对人的本质的思考达到了相当的高度。他常常从哲学层面上关注人与自身内在环境的关联，揭示出人性的弱点给人带来的灾难，也一定程度地表达了人在与世界的对立中生存的困境，从而使其对人的思考具备了某些现代主义特质。

正是基于对人的生存困境的关注，老舍在他的小说里营造了一个地道本色的市民世界，从普通人生特别是底层社会的生活中揭示人与人的关系、人与环境的对立，创造了一部部写人的杰作。老舍的"艺术世界几乎包罗了市民阶层生活的一切方面，显示出他对于这一阶层的百科全书式的认识；更重要的是，他经由对自己的独特对象——市民社会，而且是北京市民社会的发掘，达到了对于民族性格、民族命运的一定程度的艺术概括，达到了对于时代本质的某种揭示"[1]。

在一个由车夫、巡警、妓女、小职员、学生、拳师、艺人等五行八作的人物组成的市民世界里，他不断地向我们揭示着不同历史境遇下人的生存的错乱。在这个世界里，到处充斥着卑微的小人物们为生存所遭受的深重苦难，他们或道德畸变，或人格扭曲，在人生的边缘苦苦挣扎，透彻的麻木、清醒的混沌，无谓的表情下隐含着他们斑斑的血泪和惨伤的呻吟。肉体和精神的双重苦难构成了老舍笔下千疮百孔的市民人生，老舍以人道主义的悲悯的态度，客观冷静地逼视着这个冷酷的世界，幽默其表、忧愤其内，满怀着悲愤的泪水表达了他对人的沦丧的震撼与痛心。

《骆驼祥子》无疑是这一探索的典范之作。祥子的悲剧诠释了所有的人类困难。他满含着对生活的无限希望，从农村来到城市，期盼着凭自己的辛勤努力过上受人尊重的富足生活。但兵匪的抢掠、侦探的敲诈、家庭的重负、疾病的损害等一系列的遭际，使他的一切努力化作幻影。一次次的打击，使他开始对自己产生怀疑，终于放弃了努力，变成了一个车夫样的车夫、罪恶世界里的行尸。他在环境的驱促下，不断地给自己的灵魂泼上污水，从洁身自好到破罐子破摔，彻底沉沦。祥子被物欲横流的社会所吞噬，自己也成为那城市丑恶风景的一部分。祥子的悲剧，揭示了人的异化——"人把自己从野兽中提拔出，可是

---

[1] 赵园.论小说十家[M].杭州：浙江文艺出版社，1987：16.

到现在人还把自己的同类驱逐到野兽里去。祥子还在那文化之城，可是变成了走兽。一点也不是他自己的过错"。更重要的是，老舍不仅叙述了祥子的心路历程，还用其他车夫映衬了祥子的悲剧。其他车夫作为社会关系既是祥子命运变迁的外在环境，也是祥子命运的必然归属的预兆。这样，祥子就不是作为一个个体存在的呈现，而是所属群体的共同命运的集体写照。实际上，大部分个体被异化后自然成为其他个体异化的外在环境，如此一来，作为异己力量存在的病态社会就被凸显了出来。

在人的生存中，金钱、名利、地位等各种欲望不断侵蚀着人的灵魂，造成人与自我的紧张，人与人的对立，人与自然的失和。《老张的哲学》的老张就是一个失去灵魂、完全物化的典型。他奉行"钱本位而三位一体"的处世哲学，为了金钱，无恶不作。在他的心里，有了钱就有了一切。为了钱，他不在乎亲人，更不会在乎他人的幸福。从办学堂、在衙门当差、与孙八爷要好、天天省吃俭用，甚至到后来放高利贷、逼迫龙军官和李静来还债，老张坏事做尽，他行动的一切出发点都指向了钱。哪怕是看风景，老张也能生发出对金钱的联想：白鹭要是银铸的、荷叶要是大钱，那该多好，钱总是不嫌多的。一切在老张眼中总是会转化成钱的样子。金钱占据了他的灵魂，他无处安放亲情和人伦！老张"劝"龙树古把"上帝给的女儿"随便地许给哪个人家，自己享些福。无耻中透着对金钱和享乐的无比忠诚！在《柳家大院》里，王家媳妇因娶亲时娘家要了一百块钱彩礼，过门后便遭到老王一家的集体虐待。小媳妇孤苦无助，因为娘家自知把女儿"卖"给了王家，自然不会替女儿说话。不堪折磨的小媳妇上吊死后，娘家倒是找到了王家为女儿鸣不平，其实也不是金钱解决不了的，人命是用钱计算的，钱比人更亲！赔了钱的老王也准备着用女儿换点彩礼平衡自己的损失。金钱让他将亲情完全抛之脑后！老舍在《月牙儿》中写道："钱比人更厉害一些，人若是兽，钱就是兽的胆子"，在金钱世界里，人们被外在物质所异化，丧失了人的善良本性，失去了基本的道德操守，利欲熏心，成为金钱与权力的奴隶。

这些被外在物质欲望扭曲了的灵魂，使人异化为兽，从而走向自己的反面。他们被金钱、权力、利益所控制，没有了亲情，扭曲了人伦，人与人之间失去亲密和信任，剩下的只有自私与争斗。从根本上来说，他们灵魂是孤独的，除了钱财和地位，他们什么都没有，他们缺乏感情、性情冷漠。这些在物质与自然的对立中异化的个体又成为强大的病态社会的参与者，使得其他身处其中、有理想的善良个体被社会所兽化。人变成了非人，成为与社会对立的存在。

老舍对现代主义所喜爱的异化主题的抒写，正源自他对于个体存在所面临的巨大困难的思索。换句话说，从老舍小说中对于个体异化背后的群体病态的揭示，就可以发现老舍始终在思考族群、国家以及文化所遭遇的困境，表达了他对民族存亡的担忧和因支撑族群的文化系统沦落和颓败的悲哀。

《我这一辈子》中一辈子挣扎在水深火热中的老实善良的"我"，最终发出了"我招谁惹谁啦？"的无奈天问。《离婚》中老邱的感叹："生命入了圈和野鸟入了笼一样的没意思。……我不会跳出圈外，谁也不能！"《月牙儿》的主人公希望自己像个人一样地活着，却在饥饿面前不得不沦为暗娼。

荒诞人生，人生荒诞，无不显示出浓郁的现代主义，尤其是存在主义的色彩。

第六章

沈从文——另类的现代书写者

对于沈从文的现代主义品质,自20世纪80年代以来,可以说众声喧哗。美国学者金介甫是长期致力于沈从文研究的汉学家,他把中国的现代主义文学归纳为外来现代主义、上海现代主义和学院派现代主义,在他看来,沈从文是属于学院派的。他认为:"学院派现代主义作家们之所以在中国文学史上引人注目,既不是因为他们熟悉国外现代主义思潮、作家或作品(这方面胡适与徐志摩始终都比沈从文要强,但他们的作品并不具有现代主义的特点),也不是因为选材和主题的现代性(如郁达夫的某些作品),而主要在于这些作家对现代主义文学技巧不但心仪,且有才气。"[1] 诚如斯言,来自边远湘西的沈从文在踏入文坛之时,无论从学识还是阅历,都有着巨大的欠缺,对西方现代主义理论几乎没有太多的接触。好在他聪颖好学,刻苦努力,

---

[1] 金介甫,黄启贵,刘君卫译,刘君卫审校.沈从文与三种类型的现代主义流派[J].吉首大学学报(社会科学版),2005(4).

到北京后博览群书，如饥似渴地恶补了不少东西，楚韵庄老，欧风美雨，聚沙成塔，这个来自湘西的军人世家子弟兼具了人道主义和悲悯情怀。他以"乡下人"自居，既是自谦，也是实情。城市的喧嚣下的隔膜、高雅背后的俗气，让他疑虑颇多，城市文明批判与淳朴乡情回忆便筑成了他的文学世界。他的创作的现代主义成分，既有来自异域的种子的发芽，也有对先贤圣哲的传承。实际上，关乎人生如何的思考不仅是现代人的专利，我们的古人也有着不断的探索。从周易到老庄，自孔孟至程朱，无不折射着人类思想的足迹。而这些思想的传承，正是沈从文这个来自乡野的知识分子，在接受现代文明后能够迅速衔接的内在文化机制。在我看来，金介甫所谓"学院现代主义"的形成，大概就是这个原因。

如果单纯地放在传统中国文学研究的范式中，沈从文确实很难归入现代主义作家的行列，但不可否认，他的作品确实包含着一定的现代主义成分。有研究者认为："沈从文不是典型的现代主义作家，其现代主义因素的作品在其创作中也不占主流，但由于其个性气质等内在原因，人生经历和体验，对生存状态的思索，外在受时代哲学、文学风潮的影响，使沈从文作品中表现出一定的现代主义色彩，并在不同的创作时期表现不同的表现形态和色调。沈从文作品的现代主义因素也有一个发展的过程，……其早期创作中现代主义色彩淡薄，到中后期，其现代主义色彩渐明显，并与中国现代主义文学，西方现代主义思潮具有某种同步性，从而表现出一定的先锋性和超前性。"[1]他的

---

1 庞伟奇. 论沈从文作品中的现代主义色彩[D]. 郑州大学，2006.

意见比较中肯。实际上，我们没必要为了研究而过度拔高，非要把作家提升到虚空的高度，同时也要认识到，特定时空背景下作家作品可能呈现的思想艺术成分。

一、自然人性的恣意书写

作为五四新文学的产物，沈从文的创作自然地显示着五四"人的解放"的精神。与鲁迅等五四作家不同，反封建这一主题更多地表现为对自然人性的张扬。如果说前者意在解构，那么，沈从文则是进行着新的文化建构。他在湘西边城那片充满着奇异风情的神秘之地，构筑了一个全然不同于我们一直熟悉的生活氛围。

在沈从文的笔下，生活在边城的人们淳朴善良，他们的情感是素朴的，观念是单纯的，人际关系十分简单。他们平和自然，绝不虚伪，敢爱敢恨，在平静优美的自然环境中呈现着活泼的自然本性和强烈的生命意识。

最负盛名的代表作《边城》就为我们描述了发生在湘西偏远的小镇——茶峒的凄美又壮烈的爱情故事。离城两里有一个渡口，摆渡的老船夫和他的外孙女翠翠相依为命。当年，翠翠的母亲因和一个屯防军人相爱，两人结婚不成却又不愿私奔，便在生下翠翠后双双自杀。翠翠在老船夫的精心呵护下渐渐长大。外孙女的婚事便成了老船夫的一块心病。他只有一个夙愿，就是一定要把翠翠交给一个可靠的人。

茶峒城里颇有声望且家境殷实的船总顺顺有两个相貌英俊的儿子，

他们都长到了该娶亲的年龄，老大天保生性憨厚、沉默寡言，老二傩送却眉清目秀，唱得一手好山歌，被当地人誉为戏台上的"岳云"。他们同时爱上了翠翠，情窦初开的翠翠心里装着的却是老二。天保知道自己争不过弟弟，胸中郁闷，跟货船下川东经青浪滩时，不慎落水淹死了。顺顺将老大的死怪罪于老船夫。老船夫因此精神上受到沉重打击。日子一天天过去，老船夫渐渐知道了翠翠心中真正喜欢的人。一日，在摆渡时，遇到老二，老船夫有心招呼他，老二由于手足之情，不能忘记哥哥的死，便对老人报以冷眼。老船夫又硬着头皮到顺顺家去提亲，被顺顺拒绝。诸多不顺和碰壁使老船夫更加为翠翠的命运担忧。这时，中寨王团总派人到顺顺家为女儿提亲，他们拿一座新碾房做嫁妆，使顺顺欣然同意。可老二因心中想着翠翠，只好以跟货船下辰州、出去闯闯为理由，远走逃避。

老船夫见翠翠婚事无望，自己的夙愿落空，他心力交瘁，终于在一个雷雨交加的夜晚凄然死去。祖父的朋友杨马兵来和翠翠做伴，告诉她老船夫死前的一切。事情弄明后，翠翠哭了一个夜晚，无依无靠的她终于长成大人了。她接替了老船夫的工作，终日为来往的人们摆渡，同时，她守候在渡船上，等待着老二的归来。

《边城》里的每个人，毋庸置疑都是刚烈的。翠翠的父母为爱而死，他们爱得自然，死得也悲壮。看似脆弱的翠翠，在爷爷死后，一下子成熟了。她以瘦弱的身体接过了爷爷的旧业，扛起了沉重的生活以及精神上的重压，在渡口边、渡船上守望着她的爱情。"可是到了冬天，那个坍圮了的白塔，又重新修好了，那个在月下唱歌，使翠翠在睡梦里为歌声把灵魂轻轻浮起的年青人，还不曾回到茶峒来。……这个人也许永远不回来了，也许'明天'回来！"

在这个边城故事里，爱情没有被封建伦理所束缚，也没有被世俗的权力和物质利益所支配，它只是男女之间的发自内心的相吸和爱恋，然后顺其自然地达到灵肉结合的状态。这种遵从于人性、忠实于情欲的自然勃发的性爱行为尽管不是完美理想的两性关系，却是最自然纯净的生命形式。在《〈边城〉题记》中，沈从文说："为了使其更有人性，更近人情，自然便老老实实的写下去。"[1] 他说："我要表现的本是一种'人生的形式'，一种'优美，健康，自然而又不悖乎人性的人生形式'。"[2]

在更多的作品里，这种"优美、健康、自然而又不悖乎人性的人生形式"是通过大胆直率的性爱来表达的。《龙朱》《神巫之爱》《媚金，豹子与那羊》《月下小景》《凤子》就描绘了这样的神性世界和一系列充满神性的原始自然的人物形象，他们热烈、真挚、美艳的情爱故事蓬勃着原始的生命活力，散发着庄严美丽的神性。这些生活在未受现代文明沾染的朴实山野的青年男女执着地追求着真挚而又热烈爱情。他们的爱情不为世俗功利所蒙蔽，完全出于至情至性，是对善与美的神性崇拜。女人们爱慕的是俊美健壮的青年，他们"相貌极美又顶有一切美德"，白耳苗族长的儿子龙朱王子美丽强壮得像头豹子，云石镇所有花帕族女人所仰慕的对象神巫是"白耳族的老虎"。青年

---

[1] 沈从文.《边城》题记[M]//沈从文代表作.北京：华夏出版社，2011：229.
[2] 沈从文.《从文小说习作选>代序[M]//沈从文代表作.北京：华夏出版社，2011：233.

男子向往的女子们不仅生得美丽绝伦，而且善良纯洁。在沈从文的笔下，青年男女的爱情是纯洁真挚而又坚贞热烈的。他们为了爱情，大胆真率，释放出精彩照人的活力。

在沈从文的作品中，我们看到的是一个个勃发着青春活力的个体生命。这一个个生动的生命个体，既浸染着湘西边城这一带有原始特征的地理历史文化土壤，也滋润了受西方非理性主义思潮的营养，在五四个性解放的时代呼唤下，洋溢着鲜明的人性光辉。他们高扬不受现代文明约束的野性，饱含着对生命活力的热情讴歌，以期通过对野性文化的呼唤，唤起有血性的民族精神。在这一意义上看，沈从文是属于五四的。他要让读者"从一个乡下人的作品，发现一种燃烧的感情，对于人类智慧与美丽永远的倾心，康健诚实的赞颂，以及对于愚蠢自私极端憎恶的感情。这种感情且居然能刺激你们，引起你们对人生向上的憧憬，对当前腐烂现实的怀疑"[1]。沈从文把原始的生命活力作为他国民性改造的药方，"就是想借文字的力量，把野蛮人的血液注射到老迈龙钟颓废腐败的中国民族身体里去使他兴奋起来，青年起来，好在二十世纪舞台上与别个民族争取生存权利"[2]。

二、世事难测的生命隐忧

沈从文以一个"乡下人"眼光，面对时代的变迁，考查人类文明的常与变。他说："我将把这个民族为历史所带走向一个不可知的命

---
[1] 沈从文.《从文小说习作选》代序[M]//沈从文代表作.北京：华夏出版社，2011：234.
[2] 苏雪林.沈从文论[J].文学，1934（3）.

运中前进时，一些小人物在变动的忧患，由于营养不足所产生的'活下去'"以及'怎样活下去'的观念和欲望，来作朴素的叙述。……基于对中国现社会变动有所关心，认识这个民族的过去伟大处与目前堕落处。"[1]也是在观察思考中，既感到欲守常却处变，正是人生常态。而这种变，既带来欣喜，也带来忧伤，千变万化，不可预测。如翠翠等待傩送一般，也许哪天就回来了，也许永远也回不来，谁知道呢？我们期许着回来，却无法肯定他必然回来。正是在这回与不回的纠结中，人生不可把握的忧虑从中生发，悲剧氛围油然而生。爱情这一永恒主题，之所以美丽而感伤，大概正是至性追求与难以实现的现实之间永难调和的结果。色衰而爱驰，透彻的是时间的流动不居、生活的变化无常与爱难永驻的哀叹。"执子之手，与子偕老"讴歌的是矢志不渝的坚贞。然而，生之不易，在于"过日子"中会有种种遭际，不如意事常有八九。翠翠的世界之所以单纯，是因为太多的人替他遮挡了风雨。一个好的世界按说应有好的收获，却往往事与愿违。

毋庸置疑，"《边城》是一个温暖的作品，但是后面隐伏着作者的很深的悲剧感"[2]。小说以翠翠为中心，描述了茶峒人宁静自足的生活。在这里，每个人都质朴无华，正直善良。家境殷实的船总宽厚豪爽，老船夫朴实、憨厚，杨马兵善良正直……边城洋溢着淳厚的人情美、人性美，加上乡村风俗恬淡秀丽的自然美，俨然就是令人心驰神往的桃源圣地。但就是这样一个好的世界，围绕翠翠的婚姻大事，上演了

---

[1] 沈从文.《边城》题记[M]//沈从文代表作.北京：华夏出版社，2011：230.
[2] 汪曾祺.又读《边城》[M]//汪曾祺文集：文论卷.南京：江苏文艺出版社，1993：100.

一出似乎谁都没有错误的人生悲喜剧。

老船夫为了让孙女有个好的归宿，不辞辛苦，竭尽全力地奔波和周旋于翠翠、天保、傩送、船总顺顺和杨马兵之间。尽管多少知道翠翠和傩送的儿女心肠，但当船总顺顺派人为大儿子天保向翠翠提亲后，朴素善良的老人鉴于女儿当年的悲剧，为了不使翠翠受委屈，让翠翠自己选择。翠翠的沉默让他想到女儿，隐隐地有些害怕。不久后，傩送知道了哥哥天保也爱着翠翠，而且已经派人提亲的事，兄弟两人倾心摊牌，傩送赢得了胜利。天保则郁闷出走，出事死在了茨滩。船总和傩送因此而疏远了老船夫。老人巴结着试探二人的口风却屡屡被揶揄，终于郁郁而死，留下来孤苦无依的翠翠守着渡船，苦苦等待傩送的归来。

在这场悲剧中，没有恶意的罪魁，哪怕是那些冷语议论造成困扰的局外人，也不是出于恶意。每个人都是至情至性，不违本心。一切皆是阴差阳错。

老船夫深爱着自己的孙女，他唯恐翠翠受一点委屈。让天保选择车路或马路，不仅要看看他是否真心爱着翠翠，也是要听从翠翠的选择。从老船夫的角度看，没有什么比翠翠的幸福更让他上心的事情。为了她的婚事，他竭力暗示傩送，主动拜访船总。不是他不谙世故，不能理解傩送和船总，而是太关心自己的孙女的幸福而忽视了他人的心情。这不正是我们经常犯的错误么？人常常出于自己的立场或利益对周边的人或事做出理解、判断和选择。在老船夫看来，无论是天保还是傩送，对翠翠来说都是合适的。不只因为他们都是优秀的青年，其实，在老船夫的深层意识里，可能也有对船总家境的满意。毕竟，翠翠的幸福有了物质的保障会更现实。也正以此，关于碾坊的话题才耐人咀嚼。"有人羡慕二老得到碾坊，也有人羡慕碾坊得到二老！"

船总顺顺也是这场悲剧的主人公。他对于大儿子选择"渡船"，他是同意的。对于小儿子，他就极力选择"碾坊"。作为父亲，他并没有专断地一手控制，只是顺其自然地做了安排。向翠翠提亲是老大主动在前，先是找人试探老船夫的口风，得知老人的意思，才让父亲正式提亲。在这种情况下，作为父亲的船总履行了自己的责任。孩子相中的女孩子自己也喜欢，何况老船夫的孙女肯定也不会错呢！王团总以碾坊做陪嫁向船总提亲，船总也没有拒绝的道理。他并不知道小儿子心里早有了翠翠，即使知道，这种情境下你让他怎么安排呢？按照习俗，兄弟二人展开竞争，船总也没有横加干预，只是听其自然。可万万料不到天保负气出走竟然掉河里死了。任谁心里，也会怪罪其始作俑者，老船夫自然就成了当事者愤恨的对象，谁让他曲曲折折不爽快还吊人胃口呢！"船总性情虽异常豪爽，可不愿意间接地把第一个儿子弄死的女孩，又来作第二个儿子的媳妇。"大儿子已遭不幸，顺顺对于小儿子更坚决地选择"碾坊"，以致逼走傩送，对老船夫的冷漠也是无声的人格谴责，成为老船夫致命一击。

悲剧就是将美好的东西毁灭给人看。老船夫的善良美好纯真，以及他对周围人的善，对翠翠爱的美都是人性美的体现，但当老船夫的善良诚挚在翠翠的爱情中体现时，却带来了不同于美好人性般的结果：天保得不到确切答复负气下桃源却丧命、傩送对老船夫产生误会心生怨艾、顺顺把天保的死归咎于老船夫并不支持傩送与翠翠，这种种似乎是善良的人性带来了无可奈何的结果。当然，傩送的做法也无可厚非。他的行为同样出于至情至性。同哥哥竞争，他当仁不让，坦诚相待。哥哥对弟弟也不是谦让，而是实力不敌后主动退出。对于哥哥的死，傩送内心的自责不是来自对哥哥的歉疚，而是一种莫名的懊恼，他对翠翠并没有放弃，而是无法面对。他的逃避，还是源于哥哥之死造成的内心巨大阴影，"那个去的人，却用一个凄凉的印象，镶嵌到父子心中"。

因此，故事的结局这么悲惨，是与人物的性格、人与人之间的关系及处理事情的方式分不开的。只要这些东西始终存在，恐怕类似的人间悲剧还会无声无息、无处不在地时时上演。这是人类与生俱来的宿命！"在这些人性皆善、性自天然的人群中，辨不清社会的制度和文明的梗阻。它充满着原始人类阴差阳错的神秘感和命运感，自然安排了人的命运，人无怨无艾地顺乎自然，融乎自然，组成一种化外之境的生命形式。"[1] 没有凶手却酿成了如此的悲剧，教人如何不相信命运！

沈从文自己曾说："我们生命中到处是'偶然'，生命中还有比理性更具势力的'情感'，一个人的一生可说即由偶然和情感乘除而来。你虽不迷信命运，新的偶然和情感，可将形成你明天的命运，还决定后天的命运。"[2] 无端的祸患，不论是自然的原因，还是人事的因素，统统归结为不可预知、无法把握的命运。在《边城》中，悲剧的酿成

---

1 杨义.中国现代小说史（中）[M].北京：人民出版社，1998：626.
2 沈从文.水云[M]//沈从文代表作.北京：华夏出版社，2011：251.

也是因为无常命运在作祟。

可以说，《边城》是中国版本的"似水流年"的"追忆"，它以牧歌般的情调展示了一个人类魂牵梦萦的黄金时代。但是，自亚当、夏娃偷吃禁果之后，伊甸园里的美好日子就结束了。人一踏入自造的自以为得意的世界，便永远失去了那个美好的无忧无虑的乐园，不得不吞咽下自己种下的苦果，无论是过去还是现代！

三、对现代文明病的批判

湘西世界与"高密东北乡"显示了沈从文小说世界的隐喻本质、魔幻本质。相较马尔克斯，沈从文早了半个世纪，其文学理路是相通的。马尔克斯重在用古朴、神秘、混沌、沉郁的鲜明的形象倾诉对美善世界的憧憬，勾画出一幅理想国的图景。然而，沈从文的理想国不是虚幻的、神秘的，而是建基在人间的，以生活为本，以善为骨，恬淡自然不失其真，而真正体现在"自然人性"，爱得真实，憎得也真实。人们不像武侠一样快意恩仇，而是有所为有所不为，为者出于心性之善，不为者也是心中有爱。由此，湘西世界才显出古朴的人性光辉。古朴，不在于邈远，而在于对美好人性的选择性显现，他描写的不是桃花源，而是心灵的栖息地。

在沈从文的作品中，"都市"和"湘西"构成了两个互为对照的生活地域，也是两个相对立的文化类型。在这一对照中，城市"绅士"们之所以缺乏生命热情，是因为他们生活在"都市文明"的环境中，现代工业文明压抑了人性的自然发展，人们在社会规则的束缚下逐渐地丧失了冲动的本能和雄性的力量。沈从文就是以这种写作方式来表达都市文化对人性的戕害，对现代社会人们病态的生理和心理的担忧，对西方现代工业文明对古老传统文明侵袭的思考。沈从文的都市批判小说，如《有学问的人》《某夫妇》《绅士的太太》等。这类作品的主人公都是"绅士"，他们在政府做官、在高校任教，或是作寓公的显贵。沈从文从普遍的人性观念出发，把他们看成有着人之正常欲望的一群，但他们又受到家庭、婚姻、社会身份的种种束缚，这和其自然欲望发生矛盾。绅士种种丑陋、卑劣、猥琐行为，皆是这矛盾不能解决使然。沈从文把这些绅士们为满足个人情欲而做出的种种伤风败俗的劣行，暴露在光天化日之下。第三类是正面展示情欲力量的都市小说，如《若墨医生》《八骏图》《薄寒》《自杀》《看虹录》等，它们都写于沈从文与张兆和恋爱结婚之后，标示出沈从文正面描写都市背景中情爱力量所能达到的限度，所能展现的深度和高度。

相对来说，湘西就是一种原生态的生存环境，在这片尚未开化的边地，人们在其间无拘无束、自由自在地生活，任由激情在身体里冲荡和挥洒。更加重要的是，湘西边民的性爱是一种未受金钱、权势等城市文明污染的自然状态下的性爱，男女双方之间的爱情是不受任何束缚的爱情，是没有掺杂任何世俗功利的纯洁爱情。从这种意义上说，沈从文的性爱文学就是将个体的性爱与民族的重建融合在一起，传达出一种对野性文化的呼唤以及对现代城市文化的鄙视。

沈从文的作品，始终对民族、国家、人民有着深入骨髓的关怀，对思想、文化和政治有着独特的解读。特别是对于中国的现代性问题，例如传统和西方、文明和守旧、先进和落后、城市和乡村等关系，他有着自己独特的提问方式与思考方式。他没有功利化地进行解答，而是"向深处认识""向未来张望"，力求独立，追寻高度。

第七章

曹禺剧作：生命困境中挣扎与救赎

曹禺是带着对人类生存困境的哲学思考步入文学殿堂的。经历过时代的风雨，他依然坚持他的立场。当回顾《北京人》的创作时，曹禺这样说："那时有一种想法，还是要写人。一切戏剧都离不开写人物，而我倾心追求的是把人的灵魂、人的心理、人的内心隐秘、内心世界的细微的感情写出来。"[1]他特别强调："我不大赞成戏剧的实用主义，我看毛病就出在我们的根深蒂固的实用主义上。总是引导剧作家盯在一些具体的问题上，具体的目标上。这样，叫许多有生活的人，有才能的人，不能从高处看，从整个的人类，从文明的历史，从人的自身去思考问题，去反映社会，去反映生活。我们太讲究"用"了，这个路子狭窄。对于文学艺术来说，实用主义是害死人的。"[2]曹禺所批评的，是把文学当成政治宣传或图解概念的工具的狭隘的文艺观。

---

1 曹禺.戏剧创作漫谈[J].剧本，1980（7）.
2 田本相，刘一军.苦闷的灵魂——曹禺访谈录[M].南京：江苏教育出版社，2001：32.

在他看来，从生活中来的作家艺术家，都应站在人类生存的大视野下，写出丰富的、广阔的、普遍的、社会生活，在这生活中观察人与社会，进而思考人类生存的共同问题。这个问题，当然离不开对人性的深刻认知，进而是对由个体组成的社会的沉思。纵观他早期的作品，给他带来盛誉的四部剧作，展示的全是令人窒息的的人生悲剧，贯穿着他对人生命运的思考。

一、人与社会的深沉思考

曹禺的的思考也经历了由单纯到深刻的发展过程。如果把他的作品线性排列，我们可以发现他的思考轨迹。

（一）命运之思

1933年，曹禺完成的他的处女作《雷雨》，尽管是一部优秀的成熟作品，但就其思想而言，显示着青春期的单纯和清澈。曹禺自己说："《雷雨》所显示的，并不是因果，并不是报应，而是我所觉得的天地间的'残忍'（这种自然的'冷酷'，四凤与周冲的遭际最足以代表他们的死亡，自己并无过咎）。如若读者肯细心体会这番心意，这篇戏虽然有时为几段较紧张的场面或一两个性格吸引了注意，但连绵不断地若有若无地闪示这一点隐秘——这种种宇宙里斗争地'残忍'和'冷酷'。"[1]

---

[1] 曹禺.雷雨·序[M]//田本相,刘一军主编.曹禺全集（1）.石家庄：花山文艺出版社,1996：7.

诚如作者所言，剧作表现的不是因果报应。但"种瓜得瓜，种豆得豆"的俗语所表达的恰恰就是宇宙万物的基本规律，一切皆有因，有因必有果。这是宇宙间的铁律，不以尧存，不以纣亡。也许，这就是"宇宙里斗争地'残忍'和'冷酷'"，在这铁律面前，人类无力掌控自己的命运。

《雷雨》中八个人物，性格各异，身份不同，但没人能够逃脱命运的捉弄。

最令人不忍的是发生在侍萍身上的悲剧。命运的怪圈无论怎样规避也无法逃出，最终还是落入似乎是早已准备好的大坑。三十年前，她被周朴园始乱终弃，生了两个孩子的她在除夕之夜被赶出周家后，怀里还抱着一个奄奄一息的快要病死的孩子。可怜的女人怎么也不会想到这样的结局！她天真地以为周家的少爷真心的爱她，她也爱这个少爷，自己的一生就会平安幸福，有了保证。她听不进妈妈的苦苦劝告，妈妈气得一病不起，她还是沉浸在自造的幻影中，执意按自己的心意嫁给少爷。如今，大难临头，她呼告无门，只好投河自尽。然而，罪孽的惩罚不让她一死了之，她竟被人救了上来，奄奄一息的孩子居然也活了下来。从那以后，悲苦的命运便与她形影相随，步步紧跟。她流落外乡，讨饭，缝衣服，当老妈子，吃过无数的苦，甚至后来还嫁过两次，可惜遇人都很不如意，现在的丈夫鲁贵也不贴心。贫贱夫妻百事哀，磕磕碰碰地过着艰苦而不随心的日子。吃过亏的她到底还是明白了母亲当年的良苦用心。如今，自己的女儿也长大成人，经验告诉她，千万不能让女儿走上她的老路。她知道，穷苦人家的女儿不可能养在家中，她们得自己刨食儿。大户人家的富足与气派对人是诱惑，而少爷们的教养更容易迷惑少不更事的女孩子。所以当她到外地学堂里当老妈子时，她一再嘱咐鲁贵，不要让四凤去大户人家伺候人。她的一再叮嘱，是对女儿命运的呵护，但更多的是对鲁贵的不放心，她太了解鲁贵的脾气秉性了！可是她阻止不了命运的脚步，她前脚走，后脚鲁贵就把四凤安排进了周公馆。四凤是个懂事的孩子，她不是不听母亲的话，而是觉得自己也能挣钱养家了，反而非常高兴。四凤很满意自己的工作，心情好就带着快乐和阳光，让死气沉沉的周公馆有了一丝清新的空气，很快便吸引了周家的两个少爷。天真的四凤果不其然地坠入了与大少爷的爱情之河。

在这里，人们痛惜的往往是伦理关系的错乱造成的悲剧，实际上，作者关注的，恰恰是命运弄人。这命运，即可以说是阴差阳错，也可以说是事出必然。人类命运的不可穷究、神秘莫测，其根本原因在于人的自我意识，即情感世界。除了生存的物质本能，人的内心充满了各种各样的情感和欲望，爱情、亲情、怨愤、仇恨、体面、耻辱、是非、对错、善恶、好坏，不一而足。这一切使人区别于一切生物，号称万物灵长。人类的智慧不仅创作了自己向往的世界，也为自己带来了无穷无尽的烦恼。这就是异化！古人云："天地不仁，以万物为刍狗。"大意是说天地没有爱心，没有同情，把世间万物都看作猪狗一样的生物，残忍地看着它们卑微地被命运捉弄。我们畏服于天地的无形规则，似乎有一个冥冥中摸不着、看不见的力量主宰着我们的一切，在它的巨大威力面前，我们充满了委屈和无力，最终把一切无法掌控的东西当作命运并不得不匍匐于命运脚下。我们的古人非常聪明地给这一切规则做了形象的概括——道,还一再解释——道可道,非常道。是啊,确实是不同一般的道路,而是人走出来的道路,是人凭自己的喜好、欲求等选择的人心之道路,而不是现实中地面上的道路,地面上的道路是有具体指向的明晰可辨的道路,但人心的道路没有定数,因而你不能预测,终因一人一路而变化不居。这也许就是人生不能把握的根本原因,人心多变,参与人生的因素多变,各种不可预知的变数交织碰撞出来的人生更是多变,必然与巧合,偶然与必然,无人能掌握。

可怜的四凤怎么知道母亲心里的隐秘,我们又如何探知四凤内心的隐秘!剧中母女命运的巧合不但是剧情的需要,更多是要探究人心的秘密!探究出身穷苦的女孩子自觉不自觉地走出自己的路的心理隐秘!人对美好生活的向往不仅是精神的,也包含物质的,不仅显示着人性的善,也隐含着人性的恶。我们对华衣美食的向往,对宝马轻裘的欣羡,对恶浊环境的厌恶,对艰辛劳作的回避,既合情合理,又尖锐对立。四凤和当年的侍萍一样,同样对美好生活充满向往。在她们这里,凭借与少爷们的结合无疑是便捷之道。当我们陶醉于爱情的纯真的时候,潜藏于内心深处的隐秘也许就有意无意地被忽略了。还是经验丰富的梅妈更能洞察其中的诡异,力劝女儿不要被迷惑。她也许最能明白女儿"迷惑"的到底是什么,她也明白少爷们的德行。因为她知道,少爷们迷恋年轻女孩子的清纯天真是对有钱人家钩心斗角的逃避,一旦他们走上社会生活的轨道,他们也会像他们的父辈一样钩心斗角,为了利益,亲情不再那么重要。我们批判周朴园的丑恶,却忽视了人对物质生活的执着。明乎此，侍萍与周朴园、四凤与周萍的"爱情"就不得不打上一个巨大的问号，蘩漪所谓追求的爱情也得刮目相看。看看周朴园的变化，梅妈的一切观察和认知便应验不爽。

当年的周朴园何尝不是真心的喜欢侍萍，但为了娶一个门当户对的有钱人家的小姐，他还是配合了家人把侍萍赶出了家门。感情的刺激使他不再重视感情，终于这个门当户对的有钱人家的小姐死掉了，满含着理想的蘩漪兴冲冲地扑进周门。这个时候的周朴园，正值事业的上升期，当然是女性心目中最理想的"王子"——成功人士：有钱，成熟，风度等。可蘩漪哪里能够理解，这成功背后的"艰辛"：故意制造事故害死了两千多工人发昧心财。人生的经历，早已磨钝了周朴园的灵魂，他的心早就变得坚硬而残忍，文明只是隐藏这残忍的外衣！他志得意满，冷酷无情，在家里说一不二，希望一切都按他的意愿进行。他没有了感情，也忽视他人的感情，他的一切亲情的表现，与其说是人性的自然流露，不如说是竭力实现自己目的的表演。他对自己的妻子儿女实行封建专制似的控制，期望他的家庭能够成为"最圆满、最有秩序"家庭样板，让他人羡慕。他自以为掌控了一切，没想到在他精心打造的王国里，儿子怨恨他、妻子怨恨他，还在他自以为圆满的理想的家庭里上演了一幕乱伦的丑剧；自己的矿上，工人罢工，带头的居然是自己的亲生儿子。

曹禺说："我用一种悲悯的心情来写剧中人物的争执。我诚恳地祈望着看戏的人们，也以一种悲悯的眼光来俯视这群地上的人们。……他们怎样盲目地争执着，泥鳅似的在情感的火坑里打着昏迷的滚，用尽心力来拯救自己，而不知千万仞的深渊在眼前张着巨大的口。他们正如一匹跌在沼泽里的羸马，越挣扎，越深沉地陷落在死亡的泥沼里。"[1]

在这出剧中，人人都不如意。没有人能够逃出命运的作弄。命运的悲剧性发展到极致，有力地证明了"宇宙正像一口残酷的井，落在里面，怎样呼号也难逃脱这黑暗的坑"。逃脱不了这黑暗之坑的既有拼命挣扎的周萍和繁漪，也有无辜的四凤和周冲，自然也有扬扬得意、自以为掌控着一切的周朴园。这宇宙与其说是苍茫的空间，不如说是不尽的人心。每个人都在各种欲望情感中苦苦追求，每个人最终都走向自己的反面。他们都是一群被命运捉弄的人，无论贫穷还是富有，无论疾病还是健康！大幕落下，死的死了，活着的却疯了，到头来，周朴园失去了一切，在孤独中承受着无尽的痛苦。此时的他，不得不在宗教皈依中寻求心灵的终极救赎。他提示我们，一个物欲横流的社会必须回归仁善，超越欲望，才能找到精神澄明的心灵故乡。

（二）生存之思

《日出》，一般被看作一部社会批判的力作，证明曹禺的阶级思想，批判了资产阶级生活方式对人的腐蚀，暴露了资本主义的罪恶。这样理解可以说是对《日出》的一层理解。如果站在人的生存的视角观察，也许会是另一种图景。

剧中主人公陈白露出身书香门第，受过良好的现代教育。曾经单纯的她对生活满是诗意的向往，无忧无虑，闲适浪漫。陈白露这样讲

---

[1] 曹禺.雷雨·序[M]//田本相,刘一军主编.曹禺全集（1）.石家庄：花山文艺出版社,1996：8.

述她与一位诗人的爱情故事:"我爱他!他要我跟他结婚,我就跟他结婚。他要我到乡下去,我就陪他到乡下去。他说:'你应该生个小孩!'我就为他生个小孩。结婚以后几个月,我们过的是天堂似的日子……后来,新鲜的渐渐不新鲜了。两个人处久了,渐渐就觉得平淡了,无聊了。我告诉你结婚以后最可怕的事情不是穷,不是嫉妒,不是打架,而是平淡、无聊、厌烦。两个人互相觉得是个累赘。懒得再吵嘴打架,直盼望哪一天天塌了,等死。于是我们先是皱眉头,拉长脸,不说话。最后他怎么想法子叫我头痛,我也怎么想法子叫他头痛。他要走一步,我不让他走;我要动一动,他也不让我动。两个人仿佛捆在一起扔到水里,向下沉,……沉,……沉,……""以后他就一个人追他的希望去了……"从这段叙述里,我们可以看到一个沉迷于自造的虚幻天堂的灵魂对爱情生活的向往和失望。平淡、无聊,不是她想象的浪漫和诗,于是厌烦。这和《雷雨》中的繁漪何其相像!衣食无忧,无所事事,但生活枯寂,心中空虚,一味地想要寻求刺激,寻求富有情趣的生活!她以为"结婚以后最可怕的事情不是穷,不是嫉妒,不是打架,而是平淡、无聊、厌烦",流溢的满是物质富足的上层女性的内面精神的饱满追求。正如鲁迅所说,美国的石油大王是不能理解北京捡煤核的老太太的艰辛的,陈白露也无法理解下等妓女翠喜们的苦涩!我们常常说陈白露内心还有对"小东西"的同情,以为她对"小东西"的帮助显示了其善良本性的余温。如果从心灵深处探查的话,也许,更多地说明了她对金八为代表的邪恶力量的对抗,在对抗中满足自己的力量感、道德感、存在感,也许还有刺激感。因为,诗与远方的前提是自由，而自由的前提是自己对整个世界的控制力。陈白露内心渴望的是聚光灯，她要占在舞台的中央吸引观众，赢得掌声。但可悲的是，每个人都不能挣脱社会织就的人生命运的大网，陈白露也一样。

第一幕中，出场的陈白露的精神状态是这样的：她时常露出一种倦怠的神色。她爱生活，她又厌恶生活。她认定自己习惯的生活方式是残酷的桎梏。她曾试着逃出去，但她像寓言中金丝笼里的鸟，失掉了在自由的天空里盘旋的能力。她不得不回到自己的丑恶的生活圈子里，却又不甘心这样活下去。

此时的陈白露住在一家高级旅馆，依靠银行经理潘月亭的包养，出门坐小汽车，吃喝有排场，衣着很精致，似乎很优雅。但她也明白，自己舞女不是舞女，娼妓不是娼妓，姨太太又不是姨太太，自己现在所过的，不过是一种在男人面前承欢卖笑的生活，纸醉金迷、醉生梦死不过是外表辉煌的伪装。作为潘月亭的情妇，她只不过是其泄欲的工具，他出钱，自己出身体和欢笑，她不过是潘月亭私有财产的一部分，根本没有人格意识，更何况诗与远方！她厌倦了这样的生活，但多年的锦衣玉食、欢场花魁的生活消磨了当年对诗意生活的向往，精神麻木的她逐渐养成慵懒倦怠的性格，她再也飞不起来了，她也再也回不去了！当方达生劝她离开这种地方、这种生活回家乡时，陈白露这样回答方达生："你有多少钱？我问你养得活我么？我要人养活我！你难道不明白，我要舒服，你不明白，我出门要坐汽车，应酬要穿好衣服，我要玩，我要花钱，要花很多很多的钱！你难道听不明白。"

那个曾经厌烦了"平淡、无聊"生活的陈白露，在逐梦的路上，终于被黄金打造的金碧辉煌、纸醉金迷的生活所淹没,在对金钱的欲望里迷失了自己!她深知自己已被那腐朽的生活紧紧地拴住,她已经摆脱不开这样的生存。

残酷的社会摧毁了陈白露的精神世界,她不再是当年的"竹筠"。她悲愤地控诉着这个不公平的世界,她说:"我没有故意害过人,我没有把人家吃的饭硬抢到自己碗里。我同他们一样爱钱,想法子弄钱。可我弄来的钱是我牺牲我最宝贵的东西换来的。我没有费脑子骗过人,我没有变着法抢过人。我的生活是别人甘心情愿来维持,因为我牺牲过我自己。我对男人尽过女子最可怜的义务,我享受女人应该享的权利!"

陈白露无法回到平平淡淡的生活,因为无法摆脱金钱与物质的诱惑,无法从浮华喧嚣的世界返回朴实宁静的人间。她陷入一个永远无法走出的怪圈,人生的怪圈,既耽于享乐,又不甘沦丧。终于在心灵深处的矛盾冲突中选择了死亡。

作者在《日出·跋》中说:"我求的是一点希望,一线光明。人毕竟是要活着的,并且应该幸福地活着。腐肉挖去,新的细胞会生起来。我们要有新的血,新的生命。刚刚冬天过去了,金光射着田野里每一棵临风抖擞的小草,死了的人们为什么不再生起来!我们要的是太阳,是春日,是充满了欢笑的好生活,虽然目前是一片混乱。于是我决定写《日出》。"[1] 对腐朽的痛恨,化作对希望的期盼。然而,令人痛心的是,在现实面前,人们的失望是绝对的,而希望常常十分渺茫。正

---

1 曹禺.雷雨·跋[M]//田本相,刘一军主编.曹禺全集(1).石家庄:花山文艺出版社,1996:383.

如鲁迅《明天》里的单四嫂子永远看不到明天一样，陈白露也看不到明天。挣扎后的死是无奈的无路可走之后的选择，两全其美的路没有，鱼和熊掌不可兼得！人们以为旭日中劳动的号子寄寓了作者的无限期待，社会清明的出路在劳动者身上，殊不知，人生悲剧如飞蛾扑火，前仆后继，代代不绝，陈白露没有明天，陈白露们也没有明天！在剧中的其他人物身上，作者进一步诠释了"生活是铁一般的真实，自有它的残忍"的含义。

事实上，李石清、黄省三之类在追逐物质财富和社会地位这一点上与陈白露没有本质的区别。在追名逐利的路上，人们从没有停止过自己的步伐，只要人心有欲望，必然会陷入永不满足的陷阱。这也是风靡20世纪三四十年代的尼采、叔本华悲剧哲学所揭示的人性迷思。

（三）情理之思

创作于1937年的经典名著《原野》，是曹禺先生唯一一部农村题材的作品，也是曹禺先生在戏剧创作道路上的新开拓。

《原野》的故事是在一连串血海深仇的背景下展开的：主人公仇虎的父亲被父亲的把兄弟，绰号"焦阎王"设计陷害，惨遭杀害，"焦阎王"夺去了仇家的土地，烧毁了仇家的房屋，把仇虎送进了监狱，把仇虎的妹妹卖进妓院而惨死，仇虎青梅竹马的未婚妻花金子也被焦家的儿子焦大星娶做儿媳妇。这是典型的杀父之仇、夺妻之恨。古训有云：有仇不报非君子。报仇雪恨就成了知道真相后的仇虎的生活目标。

几年后，戴着镣铐的仇虎越狱归来，准备找害死父亲的"焦阎王"报仇，却发现"焦阎王"已死，昔日的恋人花金子也嫁给了焦阎王的儿子——自己儿时的好兄弟焦大星，他们还有了一个儿子小黑子。仇虎的突然出现令和焦阎王共谋且已经瞎眼的焦母十分警觉，她知道，仇虎是来报仇的。她一边派人到保安队报信，请他们捉拿仇虎，一边假惺惺地安留仇虎。

此时的仇虎爱恨情仇交织于胸。他心里记挂着的金子已为人妇，但过得不如意，焦大星懦弱但也深爱着金子，焦母知情又压制着金子。深夜，仇虎潜入金子房中，表示复仇后就带她远走高飞。这时，大星回到家，见到仇虎非常高兴。大星与仇虎对饮时，内心软化的仇虎把事情真相告诉了大星，还把要带走金子的计划也说了出来，终于激怒了大星，烂醉如泥的大星扬言报警，恰恰保安队赶了过来。仇虎以为大星和焦母要加害自己，他不再迟疑，终于硬起心肠，杀死了软弱的大星。与此同时，焦母来到仇虎床前，误杀了自己的孙子。

仇虎带着金子跑了，焦母抱着死去的小孙子在黑暗中呼喊，仇虎陷入了良心的谴责中，甚至出现了幻觉。黑夜中，仇虎和金子在原野上、树林里奔跑，仇已报、冤已平的仇虎心神不宁，在自己生长的土地上，他与金子迷了路。与金子林中相偎，仇虎仿佛悟到了冤冤相报不但不能解脱仇苦，反而更苦。自卫队由远而近，一枪射中仇虎要害。仇虎开心了起来，觉得在死中，纠结的灵魂才得安宁。一列火车通过，呜呜的笛声渐远，原野上恢复了宽阔与平静，仿佛一切都没有发生，而阳光下在不知什么时间，什么地方，如此的人生也许还在发生。

这个冤冤相报、看似简单的复仇故事，蕴涵着阔达渊深的人物情感并展现出复杂鲜明的人物性格：它不仅仅揭露了封建社会的黑暗，表现出被压迫、被摧残的农民对美好生活的向往，还更深地发掘了人性的复杂多面性。

曹禺说："《原野》是讲人与人的极爱和极恨的感情，它是抒发一个青年作者情感的一首诗……它没有那样多的政治思想……不要用今日的许多尺度来限制这个戏。"[1]

《原野》中，仇虎一出场就燃烧着复仇的火焰，"眼烧着仇恨的火"，他从人间地狱活着逃出来的唯一信念就是找"焦阎王"报仇，报他仇家两代的冤仇。这本将是一场正义之战，可是"焦阎王"的死却让仇虎复仇的计划落空了。复仇失去了直接的对手，仇虎愤怒、不甘，但中国传统观念中的"父债子还"，又让他的复仇似乎有了合乎情理的依据。儿子焦大星成了他的复仇对象，而且他要让焦家断子绝孙，单单留下瞎眼的焦母遭受永远的心灵煎熬，仇报得才畅快淋漓。可是"焦阎王"的儿子焦大星却是一个懦弱、忠厚、善良的好人，是从小一起长大的好朋友，对焦家的罪恶一无所知，焦阎王的孙子还是一个毫无自保能力的襁褓中的婴儿。仇虎陷入了情与理的纠结中，他的内心充满了矛盾和挣扎。一方面是传统的复仇观念，另一方面是自己良心的挣扎。当仇虎误以为大星报告了侦缉队后，他终于下定决心杀死了睡梦中的焦大星，并无意中借焦母的手杀死了小黑子。可是他也清楚地知道手上沾的血永远洗不干净了，自己的良心不再安宁，因为血能洗

---

[1] 田本相. 曹禺传[M]. 北京：十月文艺出版社，1988：464.

得掉，心又怎能洗得清白。这是宗法伦理观念与善良人性的激烈冲突，是原始野蛮的情绪对人的精神的控制，对善良人性的摧残。当仇虎回到原野，就有了人与兽的对峙，人性最终战胜了兽性使他回归了人的行列，因为有爱、有畏惧、有忏悔。

曹禺在回顾《原野》时说："我是写这样三种类型：一种是'焦阎王'变坏了；一种是白傻子，他还能活下去；一种是仇虎，他就活不下去了，没有他的路。"[1] 曹禺的话值得我们深思。为什么仇虎活不下去了，而白傻子就可以活下去？也许就是因为白傻子是几乎原始地活着，他没有那么多的爱恨情仇，没有那么多的道德束缚。仇虎就不同了，他血气方刚，爱憎分明。他既有爱的执着，也有恨的激越，但更有亲情仁爱，有荣誉感，也有罪感。尤其是罪感，那是"焦阎王"所没有的，所以他没有了人性，入了兽道。唯有仇虎这样的人才是有血有肉有情感的人。情感既是人区别于动物的品质，也是人永远冲不出去的牢笼。所以，好人不长寿，恶人活万年。你是做一个好人还是做一个坏人呢？无解！

综观曹禺的前期剧作，我们能够看到，曹禺的作品始终关注着人的生存，从探析人的困境开始，追寻人存在的价值和意义，他始终深入到人的潜意识深处，探究人心秘境。"人"是曹禺剧作的中心，探索人的生存与人性是曹禺剧作的根本性特征。在这里，现实生活被描写成禁锢人的"牢笼"，人的世界，包括人自身、人与他人构成的社会就像一张冲不破的大网，越努力斗争，越陷得深，直至自我毁灭。人总是走向自己的反面！

---

[1] 田本相. 曹禺传[M]. 北京：十月文艺出版社，1988：207.

二、表现主义的艺术实践

曹禺的剧作在艺术上受到了西方表现主义的影响。回顾著名的表现主义剧作家，我们不难发现，在他们身上有着这样一些共同的特点：以普通生活的叙述探讨诸如人生命运等抽象的、深刻的重大问题，同情和关注那些无法掌握自己命运的小人物，通过小人物揭示现代社会里人的异化，人与所处环境、社会制度的对立，强调表现人类社会永恒的价值。

首先是对人的内心世界的揭示。

表现主义戏剧倾向于使心理活动摆脱情节的载体而走到幕前来。表现主义剧作家通常采取"思想感知化"的技巧，将人物的主观感受加以外化，使之成为诉诸观众视觉或听觉的具体形象。

《原野》中的黑森林是揭示荒蛮世界的一个表征，它展示了人们生活环境的阴沉恐怖，也衬托出人的心理世界的空阔芜杂。黑林子里，黑幽幽潜伏着原始的残酷和神秘，这个原始的蛮性世界向我们展示了蛮荒的原始魅力和神秘力量，预示着人的悲剧命运、被压抑的生命、人类的迷途。仇虎在里面左奔右突却永远找不着出路。焦大星临死前梦呓的那句"好黑的世界"象征着他们的生存环境和命运悲剧。那"被禁锢的普饶密休士（普罗米修斯）"——羁绊在石岩上的巨树既是仇虎个人命运的象征，也是人类几千年不得自由的命运象征。《原野》

的命运困境是没有路可以走，正如作者所说，仇虎是既聪明又有力的，但即便这样他都冲不出去，那是因为没有路。曹禺的悲剧不仅仅体现了命运的超越性与不可抗拒性，更深刻地是预示了人类走向自由之路的艰难，以及生命从备受压抑的状态中解脱的艰难。

曹禺剧作中运用了大量的象征意象，成为他悲剧意识的美学载体，使悲剧具有了诗意的美学价值。

《雷雨》中，周萍在与繁漪私通的犯罪感中感到他所生存的具体环境——周公馆的老房子——就是拘住他的牢笼，他要走出去才能畅快地呼吸。"雷雨"不仅营造了故事发生的自然环境，同时也渲染着悲剧主人公的心境，是人物性格和情绪外化的体现，具有强烈的象征寓意，成为剧中不可或缺的形象，被作者称之为"第九条好汉"。这个不出场的角色，钳制着舞台上所有人的命运。

《北京人》中的曾公馆就是令人窒息的棺材，每个人住在里面都不会有生气，只有走出去才能焕发生命的活力。而看不见的北京人的意象则隐喻着生生不息的生命力和大无畏地走向新生活的创造力。

其次，舞台氛围的营造，达到内外合一的效果。

《原野》中，仇虎杀死焦大星后，与花金子一起逃进大森林，后边有保安队的追击，喊声、枪声、脚步声混成一片，仇虎拼命地奔逃，慌乱的脚步与慌乱的内心交织在一起，而此时焦母凄厉的呼唤声也在他的耳畔飘过。慌乱、不安、疑虑、恐惧等纠缠着仇虎。此时，剧作借助各种不同的声响来烘托人物的心理，营造神秘、阴森和恐怖的氛围。时缓时急、忽高忽低的催命鼓声，焦母惨厉悠长的叫魂声，与仇虎逃跑时的心理恐惧、精神恍惚以及不断出现的幻象交融在一起，强化了主人公的心理冲突和悲剧性的情感效果。在各种声音的刺激下，迷乱的仇虎风声鹤唳，眼前出现了种种幻象。小黑子的惨死，大星临死前的梦呓——恐惧、悔恨、深深的良心谴责，像利刃一样割裂着仇虎那本来由于悔恨而开始破散的心。焦母叫魂的红灯一开始就出现在仇虎的视觉中，焦母的阴影也始终控制着仇虎的心理。鼓声、风声，灯光、夜光在黑幽幽的森林夜色中闪烁，再加上惨厉的叫魂声震动恐怖的夜空，是谴责，是地狱鬼魂的尖噪，是客观的描写，更是主观的感受，猛烈地摇撼着仇虎的心理支柱。仇虎的意志彻底瓦解，大叫一声"这简直到了地狱"，掉进了心狱的仇虎终于神经错乱而崩溃。作品真实而绝妙地表现了仇虎在心狱中如何走向了深渊。

独白和旁白的运用和面具有着异曲同工之妙。它们都是为了表现人物的心理活动。如果说面具是表现人物的"假我"的话，那么独白和旁白则揭示了人物的内在思想，表现了隐藏在外表之下的"真我"。

《北京人》中，曾经迷恋曾文清的愫芳经过一番痛苦的内心斗争，终于决定离开曾家这口令人窒息的活棺材。临行，她把箱子的钥匙平静地交给曾文清，默默地与他告别。这时，作者就把外部的环境融进愫芳的心里：

（外面风声，树叶声，——）

愫芳　外面的风吹得好大呵！

这阵风声，既是自然界的风声，也是对人物内心情绪的外化。看似平静的愫芳，面对曾文清，依然会在内心刮起来刷刷的大风。当然这风声，也是对外面世界复杂世态的隐喻，既说出曾文清对外面世界的恐惧，也透露出觉悟了的愫芳对外面世界的向往。它让我们感到：愫芳虽然伫立在这精致典雅的小花厅里，然而，她的心却已经飞到那个充满风浪的广阔世界里去了。

毋庸置疑，在曹禺的戏剧里，外在世界的描写既构成真实的戏剧环境，也是衬托剧情，推动剧情发展的辅助成分，同时，作者也是有意识地借外部环境包括声、光、雷、电，折射出人物的内心世界，从而达到内外合一，极大地丰富了舞台表现力，深化了揭示人物内心的主题。

第八章

张爱玲：畸变人生的哀叹者

在 20 世纪 40 年代的文坛上，张爱玲堪称是一个传奇。这不仅是因为她的小说叫《传奇》，更因为她天才的艺术表现能力。她以出奇年轻的女性身份，写出了充满苍凉的人生况味，令人不得不感叹她对人生世事的敏锐洞察力。

在她的笔下，芜杂的都市社会充斥着欲望和畸变。张爱玲的小说，多是城市市民阶层的人生写真，有紫陌红尘中红男绿女的爱和怨的故事，也有黄金光圈笼罩下的无爱婚姻。张爱玲善于在日常世俗生活的琐细描写中，表现生活在其中的人们的愿望、现实、矛盾、痛苦、敷衍、苟且，等等。在作品中，张爱玲充分地揭示出他们的心灵与肉体、感情与欲望、理性与本能的巨大冲突，揭示出人与人之间的无法沟通与理解，从一定的历史深度找寻现代人的生存困境，发掘现代人性的底蕴，从而写出了种种人生悲剧。因此，她的作品具备了鲜明的现代主义色彩。

许多研究者指出，张爱玲小说的现代主义具有自生性，除了接受过一些西方作家作品的影响外，主要还是来自她个人的人生经历，那种孤独寂寞、荒诞苍凉的人生况味，都来自她个人的生活体验。她在《自己的文章》一文中说："我是喜欢悲壮，更喜欢苍凉。壮烈只有力，没有美，似乎缺乏人性。悲剧则如大红大绿的配角，是一种强烈的对照。但它的刺激性还是小于启发性。苍凉之所以有更深长的回味，就是因为像葱绿配桃红，是一种参差的对照。""我喜欢参差的对照的写法，因为它是较近事实的。"她又说："悲壮是一种完成，而苍凉则是一种启示。"[1]

20世纪20年代，张爱玲出生于上海一个没落的封建官僚家庭，父母亲的结合是封建礼教的产物。她的父亲是个典型的封建遗少，整日吸食鸦片，蓄妾狎妓，虚掷光阴，浪费生命，张家笼罩在死寂、凝滞、腐败的氛围中。张爱玲4岁时，不堪家庭困扰的母亲只身前往英国，她被寄养在姑母家里。后来父母离异，张爱玲又不得不生活在继母身边。首先，爱的缺失，寄人篱下，无依无靠使她对这个世界充满了恐惧和怀疑，认为"人是最靠不住的"。她对生命、人生抱着十分灰色的看法："生命是一袭华美的袍，爬满了蚤子。"[2]看上去很美丽，实际上千疮百孔，破败不堪。人在童年时期所获取的观念、价值、习性、禁忌等，经常持续地对成年生活施加强大的影响。其次，没落世家的最基本的特点就是生活窘迫，金钱常常是人们争抢的对象，争抢中没有了亲情，

---

1 子通，亦清. 张爱玲评说六十年[M]. 北京：中国华侨出版社，2001：72.
2 张爱玲. 张爱玲文集：第4卷[M]. 合肥：安徽文艺出版社，1992：18.

家庭伦理扭曲畸变。张爱玲父母关系的紧张、父亲与继母关系的紧张，父亲对张爱玲的绝情，其很多的原因还是金钱。家道败落，不事生业，无以养家，使女人对丈夫失望至极。幼小的张爱玲天天看到的就是父母间为了生计的争执。她渐渐理解女人在家中的角色地位。这里，必须强调教会学校的教育。许多人想当然地以为，女孩子所受的教育是现代人的人文教育、职业教育，其实不然。由于时代的局限，那时的女性教育更多的还是母亲教育、家政教育，知书识礼、贤淑文雅才是女孩子的本分，没有人准备让她们去做工。女人，还是要结婚、生子，相夫教子，这似乎就是她们的命。所以，婚姻是物化的。但五四以来的个性解放精神还是滋养了张爱玲的心灵，她彻悟了理想的虚幻与现实的坚硬。在父母和周围许多人的身上，她更多地看到家庭伦理的幻灭，包括亲子关系、夫妻关系、亲属关系，往往是热情其外，冷酷其内。

正是基于这样的人生体验，她的笔下流溢出来的全是物欲、虚伪、钩心斗角，人与人之间处于隔膜、封锁的状态，没有美好、温馨的亲情和爱情，而是人与人彻底的隔离、孤独与隔膜。

一、畸变的家庭伦理

在理想的家庭伦理中，我们期待的是和睦亲情、幸福平和，父母慈爱，姐妹友善，其乐融融。然而，现实生活中的家庭关系却复杂得令人战栗。为了各自的利益，大家相互算计、相互提防，甚至相互倾轧，人们为了一己之私，根本不顾亲情、爱情、同胞之情，我们标榜的温情脉脉的伦理道德面纱怎么也掩饰不住家庭的破败与人性的自私丑陋。张爱玲以冷静客观的笔触，毫不遮饰地揭开这面纱，赤裸裸地暴露了畸形扭曲的家庭伦理关系。

《倾城之恋》中的白流苏也算出身知书识礼的官宦之家，结婚后因遭受婆家人的欺凌，在娘家人的"声援"下和丈夫离了婚。但回到娘家，她才体会到离婚后回到娘家的女人的尴尬。哥嫂渐渐觉得她是吃白饭的累赘，妹妹也觉得她是多余人。于是哥嫂频频托人为她介绍对象。白流苏也感到了他们的用意，心里颇为不忿，她明白了，原来家中的每个人都各怀私心，都巴不得她早点离开这里。她恨恨地想，自己不是白吃白喝的，离婚后她也带回不少东西，现在，自己的钱花得差不多了，哥嫂就看她不顺眼了。她哭，她闹，她向母亲诉苦：

> 她搂住她母亲的腿，使劲摇撼着，哭道："妈！妈！"恍惚又是多年前，她还只十来岁的时候，看了戏出来，在倾盆大雨中和家里人挤散了。她独自站在人行道上，瞪着眼看人，人也瞪着眼看她，隔着雨淋淋的车窗，隔着一层无形的玻璃罩——无数的陌生人。人人都关在他们自己的小世界里，她撞破了头也撞不进去。她似乎是魔住了。忽然听见背后有脚步声，猜着是她母亲来了，便竭力定了一定神，不言语。她所祈求的母亲与她真正的母亲根本是两个人。

连母亲，这个自以为最心疼自己的母亲也不是她以为的那样了。

她孤苦无依，彻底孤立了！亲情被各自的利益计算得轻如鸿毛。白流苏怎么办，既然你们不让我顺心，我也不能让你们顺心。范柳原出现了，一场大戏上演了。本来，范柳原是介绍给白流苏的妹妹的，相亲时大家故意冷落白流苏，没安排她参加，这就惹恼了白流苏：她要跟他们捣乱。她强行参加相亲并大出风头，一不做二不休，在妹妹的生气和众人的嘲讽中硬生生把范柳原抢到了自己手里，她要给自己找个一劳永逸的生活依靠。小说通过对白流苏的遭遇及其内心感受的精细描写，真切地表现了现实生活中女性的弱者地位，写尽了生活的冷酷和挣扎其中的人命运的悲凉。

《琉璃瓦》以儿女婚姻为题材，展示了美好伦理遮掩下扭曲的亲情关系。姚先生对他的女儿们十分疼爱，在婚姻大事上煞费苦心，总想为她们找一位体面的家境殷实的如意郎君。大女儿铮铮出嫁后，终于明白了父母"好心"背后的私心：为他们自己寻找生活的供给。她很快疏远了与势利的父母的关系。其后，在二女儿、三女儿的婚事上，因为两人的自行其是，直接击毁了姚先生的如意盘算。在姚先生看来，儿女们为了个人的"快乐"，我行我素，全然忘记了父母的养育之恩。实际上，姚先生以爱的名义，把儿女的婚姻当成了生意，他把养育女儿看作一种投资，以此获利当然是天经地义。小说在温情脉脉的人们习以为常的伦理关系中揭示了人情的冷漠和人世的沧桑。

《花凋》中，少女川嫦生活的家庭也没有一丝温情。郑川嫦在待嫁的时候生了肺病，家里人为了省钱就让身为医生的未婚夫章云藩来替她诊治。她的父亲、母亲为了金钱，互相算计，彼此提防着，不愿拿出钱来为她治病。没有爱的生活使她感到自己对于世界只是个拖累，想尽快死掉。郑家上下围绕着金钱明争暗斗，虽表面维持着贵族的和谐体面，但遮不住被金钱腐蚀的溃烂的亲情。

二、物化的无爱婚姻

张爱玲小说中的婚恋故事，无不充斥着物欲的计算。作家以自己对人生世相的深刻洞察，用解剖刀一样的笔触撕破了"爱情"这件华美的外衣，揭示出它自然的、自私的本性，男人借它来满足私欲，女人需要它来维持生存。"爱情"回落到生存的意义上，生命的存在便充满了诸多的无奈和苦恼。虚无与荒诞，构成了张爱玲小说阴冷感伤的主旋律。

《金锁记》的主人公曹七巧的一生，无疑是悲剧的。曹七巧本是麻油店老板的女儿，泼辣而富风情，却不幸被贪钱的兄嫂嫁到大户人家，因出身低微，备受歧视与排挤，而自小瘫痪的丈夫，使曹七巧陷入情爱无法满足的痛苦之中，纵然她在夫死公亡后分得一份遗产，但是长期以来的种种压抑、煎熬与旧式大家庭气息的熏染，已使她人性扭曲，被黄金枷锁紧紧套住，只知一味敛财，了无亲情，甚至戕害儿媳，断送女儿的婚姻，不断寻求病态的发泄与报复，变得极其自私、乖戾又刻毒、残忍。作品有层次地展现了曹七巧的人性被践踏、受残害，最终灭绝的过程。小家碧玉的七巧，性情泼辣，市井生活环境让她沾染了一身的世俗气。她在自己的生活圈子里看到的是和自己一样的下层市民，小伙计也好，肉铺老板也好，但她心里向往的还是荣华富贵。以此，看似精明与理智的她，配合兄嫂的贪欲，把自己嫁到了姜家，从此过上了锦衣玉食的生活。她也知道，自己嫁的不是丈夫，而是金钱。在她的婚姻观念中，嫁给人家生几个娃，男人也会真心对她的。出嫁前，男人怎么样似乎不重要，重要的是家里有钱。到了姜家，曹七巧才知道，自己终日面对的是瘫痪的残疾丈夫。她不甘心，可也无可奈何，情感得不到寄托和依靠，精神空虚寂寞得不到安慰，曹七巧选择将全部的精力转移到对黄金的迷恋上，金钱成为她最重要的精神支柱和情感寄托，却也一步步将她锁进了黄金的枷锁之中。

《倾城之恋》中，白流苏与范柳原的关系本身就是一个反讽。他们之间上演的哪里是刻骨铭心的真挚爱情，不过是各有所图的追逐游戏。白流苏看中的是范柳原的身份，骨子里惦记的是后半生的依靠——物质的；范柳原本身是一位典型的现代花花公子，长着一副漂亮的外表，风流倜傥，温文尔雅，颇能讨得女人的欢心，但他对哪个女人都没有真心，他不过是想游戏人生，逢场作戏，玩玩而已。他看透了那些逢迎自己的女人，知道她们冲的是他的钱财，没有一个真心爱他。他遇到的女子无论怎么装，都不是他喜欢的美貌其外、灵慧其中的中国女人，白流苏也一样。白流苏欲拒还迎，范柳原偏偏吊她的胃口，就是不给她明确的信号。范柳原的态度急得白流苏咬牙切齿，又无可奈何。最终，急于抓住救命稻草的白流苏顾不得其他，只好缴械投降，主动投入了范柳原的怀抱。这一结果表明，在物化了的婚姻中，传统女性的道德操守是多么脆弱而可怜。在倾城之下，白流苏得到了没有爱情的婚姻,"香港的陷落成全了她"的婚姻,但范柳原所代表的物质呢?一场看似轰轰烈烈的大戏,荒诞而悲凉!

《留情》描述了一对半路结合的老夫少妻各怀心思、一同外出访亲的全过程。敦凤比米先生小23岁,在和米先生一同坐三轮车去舅母家时,敦凤很不高兴和米先生并排坐一起,因为她嫌他太丑、太老。他们作为夫妻,爱是表面爱着,但各自都有感情伤疤,各自都有情感过往牵绊。敦凤心里明白:"我还不都是为了钱?我照应他,也是为我自己打算——反正我们大家心里明白。"搭伙过日子,敦凤图的是米先生的地位和金钱,想要一份上等的经济婚姻,米先生图的是敦凤的年轻貌美,能享清福艳福,图的是她的人。他们各自都有目的,互相依靠、互相利用。但这份老夫少妻的爱并不会长久,就如炭的第二次生命,很快就成灰了。

在张爱玲的小说中,伦理道德禁不起半点推敲,所有的婚姻都不是夫妻恩爱、两情相悦,所有的婚姻全是买卖。女的以青春和美色作价,换取金钱和享受;男的则以金钱为本,买来享乐。婚姻,似乎无关乎真情,最重要的还是金钱。在金钱魔圈中,女性失去独立为人的价值。她们在谋生与谋爱的夹缝中演绎出种种悲剧。她们以青春为筹码待价而沽,当她们谋得了"爱",也就谋得了金钱,因此谋得了一生的生活保障。正如《沉香屑·第一炉香》中的葛薇龙所说:她与妓女的区别,只在于妓女是不得已,而她则是自愿的。

婚姻,变了味,伦理,走了形!

三、压抑中的扭曲人性

在对家庭关系的描写中，张爱玲尽情地展示了扭曲的人性。极力刻画家庭成员间复杂微妙的内心世界，在家庭生活和两性关系中探索人性的隐秘与复杂，表现人性的自私与卑陋，构成了张爱玲小说的基本主题。

《红玫瑰和白玫瑰》中描写了一位商社高级职员佟振保的悲喜人生。留洋归来的佟振保在一家外商公司谋了个高职，在别人眼中，他生活作风十分严谨，从不与女人滥情胡调，因而素有坐怀不乱"柳下惠"的好名声。实际上，接受过现代西方教育的他，也是有着丰富感情的性情中人，当年留学时就有过一段初恋。好面子的他，为了所谓正人君子的名声，封闭了自己的感情，冷静地拒绝了恋人的热情。如今，归国后的他来到城市，身份地位体面光鲜，遇到了老同学风情万种的太太王娇蕊，他为娇蕊的美艳和热烈深深地吸引，终于在同学远行期间成了娇蕊的俘虏。佟振保本以为娇蕊生性浪荡，只是一个没有头脑的尤物，他们不过做了一次游戏，谁也不需当真。他没想到娇蕊这次是付出了真爱的，她要与丈夫离婚，然后嫁给他。但佟振保并不愿意，他只是希望从她的身体上得到满足。娇蕊的真爱吓坏了佟振保，振保病倒了。在病房，面对痴情的娇蕊，振保不得不把自己真实的想法告诉了娇蕊。娇蕊明白了，佟振保不想为此情承受太多责任，他要保全他清白的好名声。冷静下来的娇蕊从梦中醒来，毅然决然地选择了离开。依然顶着好名声的佟振保在母亲的撮合下，娶了性格温和的孟烟鹂。孟烟鹂面目姣好，但给人的感觉只是笼统的白净，而且似乎不喜欢"最好的户内运动"。在她身上，佟振保无法满足在女色上的追求，很快就厌倦了这个贞洁妻子，开始了定期嫖娼。可是有一天，他竟发现了他的阴影里没有任何光泽的白玫瑰烟鹂，居然和一个形象猥狎的裁缝关系暧昧。从此，振保在外边公开玩女人，一味地放浪形骸起来。有一天，他在公共汽车上竟然遇到了离婚再嫁的王娇蕊，她已是一个安分守己的人母人妻了，没有了当年的娇艳。

小说极具穿透力地揭示了生活在厚重面具背后具有双重性格的畸变人生。佟振保的外在形象与内在心理形成了鲜明对比，灵与肉的冲突困扰着他，真与伪的纠缠分裂着他，他是一个生活在矛盾中的精神分裂的典型。小说用红玫瑰王娇蕊和白玫瑰孟烟鹂标识了佟振保对女性的不同欲求。红玫瑰娇艳、热烈、放浪，更能绽放真实的性情，富有浪漫气息，但不能做妻子，适合扮演妻子角色的是白玫瑰，冷艳、宁静、端庄，只可远观不可近亵。红、白玫瑰，折射的是佟振保矛盾而又卑琐的心理。在佟振保的内心深处，他多么希望放下道德律令，痛痛快快地做自己。因此，他与娇蕊偷情时，感到的不仅是肉体的快感，更是心灵的愉悦。在他心里，娇蕊并不是什么好女人，既然她不是正经人，自己的不正经自然也可以原谅，这正如同他的嫖妓一样，他没有堕落沉沦的顾虑。面对孟烟鹂则不然，大家都是好人、正经人，自然不好放纵。佟振保是背负着旧的道德律令却又渴望正常人生的矛盾体。

张爱玲笔下的人物无一不受情的支配，无一不在欲的苦海中煎熬，无一不在欲望的捉弄下自我暴露。

曹七巧为钱而进入了姜家，但她也有着对感情的渴望。年轻时她朦胧地对她店里的小伙计有好感，感情战不胜对荣华富贵的向往，七巧选择了姜家。七巧进入姜家后，瘫痪的丈夫让她恶心，她又开始感情的争扎。她喜欢上了活泼有趣的姜家三少爷季泽，他的年轻、风趣令干涸的心灵像久旱逢甘霖般被吸引，但姜季泽的举动只止于勾逗调情，七巧无法满足自己的情感欲望，灰心之余，她把心思全用在与家人的钩心斗角，她要保住自己牺牲青春换取的财富。最终理智尽失，曹七巧变得疯狂和变态，用变本加厉的方式报复别人，不仅用尽方法折磨儿媳，对儿子流露出莫名的占有心理，甚至嫉妒女儿的年轻，拼命阻止她的婚姻，最终扼杀了女儿的幸福。内心欲望的长期压抑导致了触目惊心的心理变态，金钱毁灭了曹七巧的青春和幸福，也把正常的人性扭曲得面目全非。

《封锁》描写了战时的一次封锁中，电车里两个男女的一次"艳遇"。路封了，时间似乎也停止了。电车内，萍水相逢的一对乘客，吕宗桢与吴翠远发生了奇迹般的恋爱。鬼使神差地，吕宗桢从车尾跑到车前，坐到了正在想心事的吴翠远身边，并主动与她攀谈起来。一开头，吴翠远很不适应，但不久她便感觉这个人"不很诚实，也不很聪明，但是一个真的人！她突然觉得炽热，快乐"。她一时动了真情，红了脸，把吕宗桢当成了可以诉说的对象。在吕宗桢眼里，吴翠远"白，稀薄，温热，像冬天里你自己嘴里呵出来的一口气。你不要她，她就悄悄地飘散了"。他抱着猎艳的心理开始与吴翠远搭讪，没想到居然得到回应。他逢场作戏，假戏真做，居然进入了角色，两人互诉着各自的烦恼，似乎从对方身上找到了关怀和温暖。但不久，封锁解除了，大家匆匆下车，各回各家，一切都回到了正常。时间重新开始。"封锁期间的一切，等于没有发生。整个的上海打了个盹儿，做了个不近情理的梦。"吕宗桢回到家里，满面笑容地面对着他刚刚控诉的妻子。封锁过去了，日子还得如常地过下去。一次封锁，一场艳遇，生动地表现了人生的错位，面具和伪装，掩盖不住躁动不安的内心，夫妻之间是演戏，你我之间也得演戏，自己和自己还得演戏。同时，这场艳遇也是被压抑的内心深处渴求异性的隐秘欲望的变态流露，形象地阐释了弗洛伊德的无意识理论，深得现代主义的精神要义。

四、精湛的艺术功力

（一）独特的意象营造

张爱玲的小说善于设置内涵丰富的意象，形成一个个绚丽繁复的意象世界。在张爱玲笔下，我们可以看到许多具有现代意识的新奇意象。

《封锁》中的男主人公吕宗桢是一个背负着沉重精神重压的小职员。解除封锁，回到家里，他踱到卧室里，扭开电灯，看到"一只乌壳虫从房这头爬到那头，爬了一半，灯一开，它只得伏在地板的正中，一动也不动。在装死么？在思想么？整天爬来爬去，很少有思想的时间罢？然而思想毕竟是痛苦的。宗桢捻灭了电灯，手按在机括上，手心汗潮了，浑身一滴滴沁出汗来，像有小虫子在爬"。这只乌壳虫就是吕宗桢的化身，他从乌壳虫的身上看到了自己。这一意象，与卡夫卡《变形记》中的格里高利何其相像。

《倾城之恋》中，在浅水湾饭店旁的一堵墙边，范柳原无限感慨地对白流苏说："这堵墙，不知为什么使我想起地老天荒那一类话。……有一天，我们的文明整个的毁掉了，什么都完了——烧完了，炸完了，坍完了，也许还剩下这堵墙。流苏，如果我们那时候在这墙根下遇见了……流苏，也许你会对我有一点真心。"这里的"墙"，正是范柳原与白流苏心灵永远不能相通的障壁，他们各怀心事，没有走在一条道上。只有这"墙"倒塌了，人心的隔阂消除了，人与人之间才能理解，才能相爱。

月亮的意象在张爱玲小说中经常使用，作者赋予了它丰富而多义的内涵，有时是爱情的象征，有时是历史的见证，更多的时候它也是情绪的表征。

《金锁记》中，芝寿被曹七巧折磨得要发疯了，心里烦躁无比。她看着外面，只觉得"今天晚上的月亮比哪一天都好，高高的一轮满月，万里无云，像是漆黑的天上一个白太阳。遍地的蓝影子，帐顶上也蓝影子，她的一双脚也在那死寂的蓝影子里"。她感到极度的恐怖，反复去挂起帐子，可是"窗外还是那使人汗毛凛凛的反常的明月——漆黑的天上一个灼灼的小而白的太阳"。月亮白得可怕，衬托出她内心的极度恐慌和凄惨！

《红玫瑰和百玫瑰》中佟振保面对王娇蕊想入非非,"昨天忘了看看有月亮没有,应当是红色的月牙"。他抑制不住对王娇蕊的情欲,很快陷入肉欲的迷狂之中。红色的月牙正是他汹汹情欲燃烧的暗喻。

(二)独特的心理独白

《金锁记》中,分得大量家产的曹七巧在家接待她曾为之心动的姜季泽,早已心死的她看着他的身影、听着他的调情,不由得心里阵阵激动。

> 七巧低着头,沐浴在光辉里,细细的音乐,细细的喜悦……这些年了,她跟他捉迷藏似的,只是近不得身,原来还有今天!……当初她为什么嫁到姜家来?为了钱么?不是的,为了要遇见季泽,为了命中注定她要和季泽相爱。她微微抬起脸来,季泽立在她跟前,两手合在她扇子上,面颊贴在她扇子上。他也老了十年了,然而人究竟还是那个人呵!他难道是哄她么?他想她的钱——她卖掉她的一生换来的几个钱?仅仅这一转念便使她暴怒起来。就算她错怪了他,他为她吃的苦抵得过她为他吃的苦么?好容易她死了心了,他又来撩拨她。她恨他。他还在看着她。他的眼睛——虽然隔了十年,人还是那个人呵!就算他是骗她的,迟一点儿发现不好么?即使明知是骗人的,他太会演戏了,也跟真的差不多罢?

> 七巧便认真仔细盘问他起来,他果然回答得有条不紊,显然

他是筹之已熟的。七巧……突然把脸一沉,跳起身来,将手里的扇子向季泽头上滴溜溜掷过去,季泽向左偏了一偏,那团扇敲在他肩膀上,打翻了玻璃杯,酸梅汤淋淋滴滴溅了他一身,七巧骂道:"你要我卖了田去买你的房子?你要我卖田?钱一经你的手,还有得说么?你哄我——你拿那样的话来哄我——你拿我当傻子——"……酸梅汤沿着桌子一滴一滴朝下滴,像迟迟的夜漏——一滴,一滴……一更,二更……一年,一百年。真长,这寂寂的一刹那。七巧扶着头站着,倏地掉转身来上楼去,提着裙子,性急慌忙,跌跌绊绊,不住地撞到那阴暗的绿粉墙上,佛青袄子上沾了大块的淡色的灰。她要在楼上的窗户里再看他一眼。无论如何,她从前爱过他。她的爱给了她无穷的痛苦。单只这一点,就使他值得留恋。多少回了,为了要按捺她自己,她迸得全身的筋骨与牙根都酸楚了。今天完全是她的错。他不是个好人,她又不是不知道。她要他,就得装糊涂,就得容忍他的坏。她为什么要戳穿他?人生在世,还不就是那么一回事?归根究底,什么是真的,什么是假的?

这一段真实地表现了曹七巧见到姜季泽时复杂的内心活动。有激动、有喜悦、有幽怨、有懊悔,也有怨恨,可谓是千肠百结,思绪万千。这时候,在七巧身上你似乎看不到一丝守财女的痕迹,反而更像一个多情烦恼的闺怨少妇。这段心理描写,还原了曹七巧作为一个正常女性渴望得到爱恋的真切心情,也反衬了绝望后被金钱彻底扭曲了的人生悲凉。

《倾城之恋》中的白流苏做了范柳原的情妇后，似乎如愿以偿的她心思百转：

> 她怎样消磨这以后的岁月？找徐太太打牌去，看戏？然后渐渐地姘戏子，抽鸦片，往姨太太们的路上走？她突然站住了，挺着胸，两只手在背后紧紧互扭着。那倒不至于！她不是那种下流的人。她管得住她自己。但是……她管得住她自己不发疯么？

她心有不甘，不愿意承认自己没名义的情妇角色，但又想向外人炫耀自己的成功，百无聊赖，她得意之余想着自己未来的生活，备觉无聊和空虚。她突然感到房间太空了：

> 空房，一间又一间——清空的世界。她觉得她可以飞到天花板上去。……房间太空了，她不能不用灯光来装满它。……楼上品字式的三间屋，楼下品字式的三间屋，全是堂堂地点着灯。新打了蜡的地板，照得雪亮。没有人影儿。一间又一间，呼喊着的空虚……流苏躺到床上去，又想下去关灯，又动弹不得。

空旷的房间写出了白流苏内心的空虚。她做了情妇，可未必就得到范柳原的真爱。尽管爱与不爱并不是她最初的考虑，但得到想要的东西之后，她又想得到范柳原这个人。空旷的房间映衬的正是她无比失落的内心世界的写照。张爱玲用独异的现代主义手法，写出了现代人内心空虚的梦魇。

（三）与心理活动交织的叙述格调

在张爱玲笔下，故事的叙述不是叙述者的再现式的呈现，而是全知叙事与限制叙事的交互呈现。这种交互，时而是客观交代，时而是主人公的内心感叹，两者相互交织，产生了特异的艺术张力，悲凉的氛围便层层荡开，直至充溢在整个艺术的时空。

曹七巧的一生就是在这样的叙述中完成的。三十年来的日子，她是"戴着黄金的枷"一路走来的。而今，她"似睡非睡横在烟铺上"，隔着三十年的月亮往回看，回想到女儿时的情景，不禁哀从中生。"十八九做姑娘的时候，高高挽起了大镶大滚的蓝夏布衫袖，露出一双雪白的手腕。""就连出了嫁几年之后"，还是俏俏的，"瘦骨脸儿，朱口细牙，三角眼，小山眉""镯子里也只塞得进一条洋绉手帕"。而现在呢，"她摸索着腕上的翠玉镯子，徐徐将那镯子顺着骨瘦如柴的手臂往上推，以至推到腋下。她自己也不能相信她年轻的时候有过滚圆的胳膊。"这不是简单的叙述，而是曹七巧悲凉人生的一声叹息，是曹七巧对自己顾影自怜的无限感叹。她从心底发出悲凉的哀号："一切都完了。"三十年的月亮，见证了岁月的沧桑，也见证了曹七巧从青春少女到乖戾富婆的人生转换。

《花凋》中立志做"女结婚员"的郑川嫦，出生在那样一个没落的家庭，从来没有真正地被爱过，而今，终于能够感受到一点儿生活的情趣,"结结实实"地爱着生命里"第一个有可能性的男人",让她有了美好的憧憬。但不幸又降临到这个可怜的女孩身上,她病了。不愿无谓地花掉金钱的父母无情地把她丢给了当医生的未婚夫。病床成了她与爱人唯一的接触,也成了她体验人间之爱的一丝期待,但"她的肉体在他的手底下溜走了。她一天天瘦下去了,她的脸像骨格子上绷着白缎子,眼睛就是缎子上落了灯花,烧成了两只炎炎的大洞"。"从前有过极其丰美的肉体,……华泽的白肩膀,……深邃洋溢的热情与智慧""永远不再了"。她无限憧憬的"十年的美,十年的风头,二十年的荣华富贵"也都"无望了"。一支灿烂的花朵就这样枯萎了、凋零了。她"像一个冷而白的大白蜘蛛""一寸一寸地死去了,这可爱的世界也一寸一寸地死去了",无限的依恋,无尽的哀伤,烛照出生命的卑微、无常和悲凉!

(四)情与景的深切交融

张爱玲擅长写景,她笔下的景总是把人物的内心融入其中,从而在景物中展现人物的心理与感情。

《沉香屑·第一炉香》中,作者用风景记录了葛薇龙的整个心理变迁。

葛薇龙第一次来到姑妈家,放眼所见,处处是夸张放诞的色调,处处感到不调和。

> 满山轰轰烈烈开着野杜鹃,那灼灼的红色,一路摧枯拉朽烧

下山坡子去了杜鹃花外面，就是那浓蓝的海，海里泊着白色的大船。

新奇、豪阔，她心中感到无形的重压。离开时，回望"那巍巍的白房子"：

依稀还见那黄地红边的窗棂，绿玻璃窗里映着海色。那巍巍的白房子盖着绿色的琉璃瓦，很有点像古代的皇陵。……如果梁家那白房子变了坟，她也许并不惊奇。

这是葛薇龙对梁家的心理感受，宏大、空旷、阴森、压抑。这是从葛薇龙的心理视角展现的客观景物，某种意义上，也预示了主人公的人生命运，她的青春即将埋葬在这处处显现着不协调的空旷的大坟，而这坟墓已张开血盆大口，无声无息地开始了吞噬。葛薇龙为了留在香港读书，她决定"睁着眼走进了这鬼气森森的世界"！明知是坟墓，她还是禁不住要跳进去。

第二次来到姑妈家，葛薇龙看到的房子成了另一番景象：

梁家那白房子黏黏地溶化在白雾里，只看见绿玻璃窗里晃动着灯光、绿幽幽的，一方一方，像薄荷酒里的冰块。

这时的葛薇龙已没有了初次进来的恐惧，反而有了一丝的欣喜。"薄荷酒里的冰块"，清凉、刺激而宜人。葛薇龙的心在这欣喜中慢慢地飘荡起来。卧室衣橱里挂满了"金翠辉煌"的衣服,她忍不住欣喜地"一件一件试着穿"。可"一个女学生哪里用得了这么多",薇龙突然省悟到她日后在梁家的角色。然而,那些衣服在睡梦里诱惑着她。

  毛织品,毛茸茸的像富于挑拨性的爵士乐厚沉沉的丝绒,像忧郁的古典化的歌剧主题歌柔滑的软缎,像《蓝色的多瑙河》,凉阴阴地匝着人,流遍了全身。

华丽服装的诱惑,奢华生活的迷恋,浮华虚荣的膨胀,"薇龙在衣橱里一混就混了两三个月",她迷失了自己,一步步成为姑妈的诱饵和工具。"三个月的工夫,她对于这里生活已经上了瘾","她要离开这儿,只能找一个阔人,嫁了他"。明白了自己的微妙角色,她不能不为自己着想,她一方面小心翼翼地看着姑妈的眼色应酬男人,一方面私下里悄悄为自己寻找一个可靠的人。她选中的乔琪乔却背叛了她,她的心情化作了一片风景:

  中午的太阳煌煌地照着,天却是金属品的冷冷的白色,像刀子一般痛了眼睛。秋深了。一只鸟向山巅飞去,黑鸟在白天上,飞到顶高,像在刀口上舌刮了一利刮似的,惨叫了一声,翻过山那边去了。

深秋、冷天、阳光、鸟叫,一切都是触目惊心的,阳光刺痛的不仅是眼睛，更是被欺骗后冰凉的心境，那惨叫着飞过山去的黑鸟，就是葛薇龙残存的自我的身影。在这寒蝉凄切的深秋，葛薇龙彻底放弃了自我。从此以后，"薇龙就等于卖给了梁太太和乔琪乔，……不是替乔琪乔弄钱，就是替梁太太弄人"！

后 记

不得不说，这是一本非常粗浅的小书。与众多学者系统论述的洋洋巨作相比，这本书的理论厚度显见不足，学理的深度更是相形见绌。它只是我浅陋认识的一点记录而已。

20世纪80年代以来，现代主义文学渐成学术热点，理论和作品大量译介，人们在认识其观点和方法的同时也渐渐把它转化为一种视角，中国文学的现代性问题由此再次浮出水面。许多学者在尘封的历史中蓦然发现，我们熟知的中国现代文学里竟然有着与西方现代主义文学千丝万缕的紧密联系。但是，认知的惯性使得中国现代文学的教学依然在旧的轨道里运行，尽管教材里和教学中不断引入新观点，可毕竟远远跟不上学术成长的步伐。补救的方法就是另开选修课，从现代主义的视角梳理中国现代文学中的现代主义因素。这本书的选题正出于此。由于自身理论素养不足，眼界也不够开阔，挂一漏万，点到为止，许多说法难免牵强附会，甚至是错误的。还请方家多多指正！

感谢前辈学者，他们的研究成果为我提供了太多的参考。从他们身上，我不仅汲取了学术营养，还感受到他们致力于学术探讨的严谨精神。

感谢石家庄学院文学与传媒学院杨红莉院长，感谢光明日报出版社杨茹老师，感谢你们的鼓励和支持！

在此，也要感谢我的妻子和女儿，感谢她们的鼓励和支持！

2019 年 6 月 20 日夜

图书在版编目（CIP）数据

中国现代文学中的现代主义流脉：1917－1949 ／ 李延江著. －－北京：光明日报出版社，2019.11
　ISBN 978－7－5194－5454－8

　Ⅰ.①中… Ⅱ.①李… Ⅲ.①中国文学—现代文学史—1917－1949 Ⅳ.①I209.6

中国版本图书馆CIP数据核字（2019）第167853号

中国现代文学中的现代主义流脉：1917－1949
ZHONGGUO XIANDAI WENXUE ZHONGDE XIANDAI ZHUYI LIUMAI：1917－1949

著　　　者：李延江	
责任编辑：杨　茹	责任印制：曹　净
封面设计：小宝工作室	责任校对：傅泉泽

出版发行：光明日报出版社
地　　址：北京市西城区永安路106号，100050
电　　话：010－63139890（咨询），010－63131930（邮购）
传　　真：010－63131930
网　　址：http://book.gmw.cn
E－mail：yrranyi@sina.con
法律顾问：北京德恒律师事务所龚柳方律师
印　　刷：三河市华东印刷有限公司
装　　订：三河市华东印刷有限公司
本书如有破损、缺页、装订错误，请与本社联系调换，电话：010－63131930
开　　本：165mm×230mm
字　　数：160千字　　　　　　　　印　张：10
版　　次：2020年1月第1版　　　　印　次：2020年1月第1次印刷
书　　号：ISBN 978－7－5194－5454－8
定　　价：45.00元

版权所有　　　翻印必究